JN166784

メディアワークス文庫

僕が僕をやめる日

松村涼哉

暗闇に咲き誇る満開の桜の下。
そこが、立井《たてい》潤貴《じゅんき》の最期の場所になるはずだった。
――死ぬくらいなら、僕の分身にならない？
透き通る氷のような冷たい双眸《そうぼう》の男だった。
――大丈夫。世界は僕たちに興味ないから。
彼は、誰も知らない秘密を生きる。
その日、立井潤貴は『立井潤貴』をやめた。

1章

立井潤貴は、隣人の罵声で目を覚ました。

毛布の中で身じろぎ、枕元に置いたスマホを手に取った。時刻を見ると、朝の五時。恨みがましい視線を隣に送る。立井と隣人の空間を仕切るカーテンから隣人の足が伸びて、立井のスペースを侵犯していた。枯れ木のように痩せ細った足だ。唸《うな》るようなイビキが聞こえてくる。

もう一度寝る気にもならず、立井は身体《からだ》を起こした。頭が痒《かゆ》くて、ぼんやりとした意識で掻《か》きむしる。その手が鼻に触れると、汗の臭いが気になった。風呂に入ったのは一昨日だ。スマホで曜日を確認して、今日が入浴日だと知る。

カーテンをめくった。

冷たい空気が流れてきた。

熟睡を続ける隣人の向こう、窓が大きく開け放たれていた。夜明けの街が見える。薄い青紫色に染まる屋根が並んでいた。もっとよく眺めたかったが、部屋を縦断するように置かれたベニヤ板が景色を遮っている。

髭《ひげ》と髪で顔を覆い尽くした隣人は、また何かを呻《うめ》いた。伸ばした足を毛布に戻して身体を縮こまらせる。震えているようにも見える。

立井は少し迷った後、カーテンをできるだけ動かさないよう、そっと隣人のスペースに侵入した。踵《かかと》から足をつけ、音を立てずに窓に近づいた。途中、男のむせ返るような体臭が鼻を刺激した。足を止める。隣人の血色の悪い唇を見る。ため息をつく。

そして、窓を閉め切った。

冷え切った身体を擦って自分のスペースに戻ると、ベニヤ板の向こうからアラーム音が鳴った。別の住人が寝返りを打つ音がする。しかし、けたたましい音は鳴りやまない。更に別の住人の露骨な舌打ちが部屋に響いて、目覚ましは止まった。

本当に四人もいるんだな、と改めて実感する。

八畳一間の空間に、四人の住人が暮らしていた。ベニヤ板と厚手のカーテンで四つに分けられた部屋には、立井の他に、高齢男性二名、中年男性一名が住んでいる。

凍えるような朝を何度も迎え、冷暖房が贅沢品《ぜいたくひん》ではなく必需品と知る。夏を想像するとぞっとした。入浴は三日に一回から二日に一回に増えるようだが、隣人たちが放つこの悪臭では焼け石に水だろう。

勘弁してくれよ。そう呻いて、立井は手櫛《てぐし》で髪を整えて部屋から出た。

一階の食堂では朝食の準備が済んでいた。メニューは、食パンとゆで卵のみ。期待などしていなかったが、見るだけで気が抜けた。

テーブルでは、眼鏡の男がパソコンで動画を視聴していた。違法アップロードされたものだろう。朝からバラエティ番組を見て、口元をにやけさせている。

立井が挨拶をする。だが、男はパソコンの画面を見つめたままだ。立井はワイヤレスのイヤホンに気がついて、より大きな声で名前を呼んだ。

男はようやく顔を上げた。

「ん？　あぁ、立井か」男は耳からイヤホンを外した。「どうした？」

彼は、立井が暮らしている宿泊所の管理人だった。

立井は声のボリュームを下げた。「あの、病院の話、どうなりましたか？」

男の顔から笑みが消えた。

「上と話し合い中」

「でも、もう三日も経《た》ちますよ」

「それは上が判断する」

管理人は再びイヤホンを耳に嵌《は》めた。これ以上、会話する気はないと態度で示してくる。

立井には、この管理人が差す『上』が分からない。

怒鳴りたい気持ちを堪えて、朝食の食パンとゆで卵を摑《つか》んだ。屋外に向かう。管理人と同じ空間にいたくもないし、悪臭漂う自室に戻る気にもなれなかった。

靴を履いて外に出ると、湿っぽい風が吹いた。玄関わきに取り付けられた看板が軋《きし》んだ音を立てる。その看板に記された文字をきっと睨《にら》みつけた。

無料低額宿泊所「つばめハウス」

立井潤貴、十九歳の住処《すみか》だった。


八時半の始業時刻を狙って、立井はハローワークに向かった。

年季の入った建物は、幅広い年齢の人間で賑《にぎ》わっている。通い詰めるうちに、隣の人が求職者なのか、あるいは雇用者かが見極められるようになった。足音の響き方が違う。求職者は、たいてい自分と同じように力ない足音がした。

端末で新着の求人票を探していく。今の自分に選《え》り好《ごの》みできる余裕はなかった。希望職種欄は何も打ち込まず、やりたい仕事ではなく、できる仕事を検索する。だが、表示された結果は、読む必要もないくらいだった。

立井は、分不相応と分かりきった求人票を印刷して窓口に向かう。しばらく待たされた後、見知った女性職員が対応してくれた。立井が提出した求人票を見ると、案の定、良《い》い顔をしなかった。紹介の難しさを切々と語ってくる。立井はただ頷《うなず》いた。紹介されるとは期待していない。生活保護を続けるために、求職した実績が必要なだけだ。

女性職員とは何度も顔を合わせている。立井と同年代のショートカットの女性。もしかしたら年下かもしれないが、年上であってほしいと願い続けていた。小さなプライドを守りたかった。

立井が希望する事務職は最低限のパソコンスキルが必須であると女性職員は諭した。立井は現在、ワードとエクセルの講座を受けている最中だ。事務職ができる技能はまだない。

しかし、立井は肉体労働に就けない。

半年前の日雇い派遣で腰を壊していた。港で大豆が詰まった袋をトラックに積んでいた時、突然に激痛がはしって立ち上がれなくなった。腰に負担のかかる労働を一日中強要されたせいだ。元々違法な職場だったらしい。過重労働が横行しやすい港湾では派遣業務が法律で禁じられている、と後日知った。

「腰が回復されていれば、飲食業や介護業などを紹介できるのですが……」職員は気の毒そうな顔をした。「立井さん、病院には行きましたか？」

「これから行くところです」

職員は眉をひそめた。声のボリュームを落とす。

「普段ならここまで立ち入った質問はしませんが、立井さんが暮らしている宿泊所、健全な場所ですか？」

「健全だったら」立井は冗談めかした。「受給者証を返してくれるでしょうね」

やっぱり、と職員は頭を掻いた。気の毒そうな視線を立井に向ける。

「どうして、そんな悪質な宿泊所に……？」

立井は端的に身の上を話した。

高校中退後、独身寮付きの会社に就職したが、すぐ倒産した。時間をかけて求職できる貯金もなく、日雇い労働とネットカフェ生活を続け、腰を壊して働けなくなった。行政に頼り、生活相談員に『つばめハウス』を紹介された。

「相談員の紹介で……？」職員が意外そうに目を見開く。

「向こうも察していたみたいでしたよ」

福祉事務所の相談員は申し訳なさそうに、他に空いている施設がない、と説明してくれた。二十歳以下の人間が寝泊まりできる自立支援ホームも、自立支援センターも受け入れる余裕はなかった。

「ご両親や親戚、頼れる人はいませんか？」納得できないように女性職員は尋ねてくる。

「母親は亡くなりました。父親は生きていますが、連絡がつきません」

「そうですか……」

「頼れる人なんていないですよ。生活保護でさえ、最初は受けられませんでしたから」

働けなくなった立井は市役所に頼ったが、そこでの対応は杜撰《ずさん》なものだった。彼らは、立井が陰で父親から支援を受けている、と決めてかかった。腰の故障の診断書をもらってこい、の一点張り。その費用がないのだ、という主張は理解してもらえず、別部署にたらい回しにされた。

結局、つばめハウスを運営する福祉法人に頼るしか選択肢はなかった。後日他の入居者と話をして、その法人を陰で運営しているのは反社会的勢力だと教えられた。健全な福祉事業と見せかけ、ホームレスに生活保護の申請をさせて、毎月保護費をピンハネする半グレ集団。彼らの手を借りなければ、立井は生活保護を受給できなかったのだ。

「ここはハローワークなので、他役所の業務に口出し出来ませんが、」

職員はボールペンのキャップをはめた。

「まず生活を立て直しましょう。福祉事務所に再度相談してその宿泊所を出ていくか、病院に行くかのどちらかですね。それから仕事を探しましょう」

立井は浅く頷き、席を立った。

ここにはもう来ないだろうな、と頭の隅で考えていた。


生活保護受給者が医療扶助を受けるには、福祉事務所で医療券を発行する必要がある。立井が暮らす自治体では受給者証と印鑑が不可欠だ。管理者から取り返さなくてはいけない。

医療券なしに病院に行く金はどこにもなかった。生活保護費の八割近くは、管理者に徴収されていた。立井の手元に残るのは、毎月三万円程度。「つばめハウス」の質素な食事では、立井の腹は満たされず間食も必要だった。栄養バランスが考えられている代物でもなく、時にはサプリメントも購入しないといけない。スマホの利用料や当面必要な衣服等を購入すると、立井が自由に使える金は僅か数百円。カップラーメン売り場の前で、数十円安いプライベートブランドを購入するべきか迷う日々だ。そうして購入した食品も「つばめハウス」内で盗難に遭い、声も出ないほど惨めな気分に晒《さら》された。

帰宅すると、真っ先に管理人の元に向かった。

彼は朝と変わらない場所で、愉快そうにネットゲームに興じていた。

「あの、今いいですか？」立井は切り出した。「すぐにでも病院に行きたいんです」

管理人はむすっとした表情で応える。

「上と相談中」

「オレが病院行くことに相談も何もないでしょう。受給者証と印鑑を返してください」

「ダメだ。両方とも、俺が一括管理するルールだ」

「じゃあ出ていきますよ。拒否するなら市役所に通報します」

キツイ声で立井が吐き捨てると、管理人の眉が微《かす》かに動いた。

「通報して、その後どうする？」

管理人はナイフのような鋭い視線を向けてきた。

「他に行き場がないから、お前はここに来たんじゃねぇのか？」

立井は苦々しく顔を伏せた。

管理人は言外に、お前はどうせ似たような施設に行くだけだ、と伝えた。むしろ、その日は心底立井を哀れんでいるようにさえ感じられた。

事実だった。今の自分は、腰痛持ちで高校中退無職資格なしの人間。結局福祉事務所に泣きつき、病院に行かせてくれ、と頼み込む他ない。

立井は拳を握って、肩を震わせる。

すると、管理人は突然おどけたような笑みを見せた。

「――と、突き放す気だったが、事情が変わった」

一転して機嫌よさそうに、管理人はパソコンの液晶画面を人差し指で叩《たた》いた。

「お前、こっち側に来いよ」

えっ、と声をあげる。

「上の知り合いが、お前を採用したいってさ。さっき連絡がきた」

「採用……？」

「珍しいよ。こんな話、めったにない」

予想だにしていなかった提案に、立井は目を丸くして固まる。管理人は、立井のリアクションを愉快に思ったらしく、歯を見せて笑いだした。

「まぁ、ここの連中の大半と違って、お前はまだ若い。よかったな。お前は掃《は》き溜《だ》めから抜け出して、管理する側に回るんだよ」

管理人が立井の身体に肘をぶつけて、笑いかけてくる。後輩ができて喜ぶ高校生のような仕草だった。

その陽気な態度とは対照的に、立井の心は静かだった。

「それは……この建物みたいな家の管理をするってことですか？」

「ま、似たような業務だろうな」

なんてことのないように管理人が告げてくる。

立井の脳裏に、管理人のこれまでの振る舞いが浮かんだ。毎朝だらだらとパソコンの前で過ごし、エアコンをつけてほしいという些細《ささい》な頼みを無視する。機嫌が悪い時には他の入居者を殴りつける。酒を飲めば「俺のバックには暴力団がいんだぞ」とチンピラめいた発言を繰り返し、取るに足らない武勇伝を自慢してくる。

「――お断りします」

気づけば、そう答えていた。

死のうと思った。

宿泊所から出るときに覚悟を決めていた。

選択肢は二択だ。管理人のように弱者から金を搾り取るか。今、潔く死ぬか。

誰が悪い訳でもない。何が悪い訳でもない。ただ自分はそういう星に生まれたのだ。神様が天上から放り投げた石がたまたま自分に当たって、選ばれた。十九歳で自殺する運命にあると。おめでとうございます、と天使がファンファーレを吹きながら。

立井にとって通い慣れた場所は、いまや商店街の隅のコインロッカーだけだった。屋根がなく、風雨に晒され錆《さ》びたロッカーは、駅構内のものより百円安い。十年前はオレンジ色だったであろう塗装はくすんだ桃色に劣化していた。

ロッカーの中身は、冬用のコート、中学時代の卒業アルバム、何世代も前のデジカメ、書き散らした日記帳、中退した高校の学生証。宿泊所に置いたままでは盗難の可能性があるので預けていたが、間もなく死ぬ今となっては、こんなものを守るために毎日三百円を支払っていたのがバカらしく思えた。

死体の身元証明になるだろうと考え、コート以外をカバンに詰め込んだ。コートは駅のベンチに置き捨てる。自分と似た境遇の人間が持ち帰るかもしれない。どうせ二千円で買った古着だ。

重くなったカバンを背負い、商店街を進むと心まで重くなる。

いつものことだ。店を素通りするだけの自分が惨めになる。

旅行代理店の前に、日光のバスツアーの張り紙がある。一泊二日、二万五千円。イタリアンレストランの前には立て看板。ディナーコース三千五百円から。銀行のポスターは投資信託を勧め、保険会社はより安心なライフプランを提示する。服屋には五万円を超える冬物コート、洋菓子店には一つ三千円のファミリー向けホールケーキ、香水店では「恋人へのプレゼント」と銘打った小瓶が輝いていた。

自分とは無縁な存在だ。

誰も、貧乏人なんか求めていない。千円札を必死に握りしめる人間は眼中にない。

——自分は世界に必要とされない。

数多くいた友人は離れていった。金の無心をする立井に愛想を尽かして。

こんな人間は死ぬしかないのだ。

未練を断つためにコンビニで高めのウイスキーとフライドチキンを購入した。全財産があっさり吹き飛んだ。これでネットカフェに泊まることも、ファストフード店で夜を明かすこともできない。

全財産を失うと、なぜか身軽になった気がした。

後は死に場所を選ぶだけ。幸い、候補があった。

無料宿泊所の近くには花見ができる公園がある。一級河川に沿うようにして桜の木が植えられている。花見のシーズンでもある。人生最後、桜吹雪と共に散るのも風流だろう。

立井は公園の隅に辿《たど》り着《つ》くと、桜を見ながらウイスキーを舐《な》める。最後の晩酌だったが、自分の舌には格安の酒との違いが分からない。発泡酒で十分だったな、と自虐しているうちに、人の影はなくなった。

深夜二時。

寒さに身震いして、コートを捨てたことを後悔する。これだけ冷える夜なら、朝まで誰にも見つからないだろう。用意していたビニール紐《ひも》を桜の木に結ぶ。ちょうど良い高さになった。後は木に足をかけて上り、紐の輪に首を入れるだけ。少し迷って、スマホの録音機能で遺言を残そうとしたが、バッテリーの残量がなく諦めた。

つり革に摑まるように紐へ手を伸ばして、その強度を確かめる。公園でもっとも大きな桜の枝は少し力を加えても揺れない。

そろそろ人生を終わらせよう、と木の幹に足をかけた時だった。

「もしかしてキミ、死ぬ気？」

背後から声がした。

振り返ると長身の男が立っていた。色白で眼鏡をかけている、十代にも二十代にも見える青年。まだ寒さの残る三月下旬の深夜に、白のワイシャツと黒いパンツのシンプルな服装。だが、その見透かすような暗い双眸と、愛想笑い一つしない無表情が印象的だった。

「……そうだよ」

怪しい男だったが、立井は自死の意志を隠さなかった。今更だ。罪悪感もない。自分の選択は揺らがないし、彼には関係ない話だ。

自殺を止められるとばかり警戒していると、男は手を伸ばしてきた。

「じゃ、財布出して」

言葉に詰まった。

まさか恐喝とは考えもしなかった。

「本当に死ぬなら出せるよね」

男は催促するように、手を伸ばしてくる。相変わらず表情がピクリとも動かない。

もしかしたら婉曲《えんきょく》的に『どうせ自殺する気はないくせに』と揶揄《やゆ》しているのかもしれない。そう気がつくと、立井は鼻で笑った。

自分は正真正銘死ぬつもりなのだ。財布ごときで動じるものか。

「百円も残ってねぇけど」

「いいからさ」

カバンから財布を取り出して放り投げる。男は現金に目もくれずカードポケットを漁《あさ》った。やがてマイナンバーの通知カードを取り出した。今の立井が持つ唯一の身分証だった。

「立井潤貴、十九歳ね」男は表情を変えずに頷いた。「やっと見つけた」

一瞬男が目を細めた。彼は立井の身分証を自分のポケットにしまった。

「ねぇ、立井君。死ぬくらいなら——僕の分身にならない？」

唖然《あぜん》としていると、男は言葉を続けた。

「僕の住民票で部屋を借り、僕の合格通知書で大学に通い、僕の学生証でバイトをして、僕の保険証で病院に通う。死ぬくらいなら、僕の分身として生きてみないか？」

その言葉を聞いても意味を呑《の》み込《こ》めなかった。

ただ、男は自分を生かそうとしているらしい。空虚な一般論を押し付けるわけでもなく、無力な気休めを唱えるわけでもなく、ひどく具体的な救済案を提示して。

他人として生きる——？

思いもよらない提案だった。

——そんな生き方があるのか？

風が吹いて、立井の視界で何かが揺れた。

それはぶらさがったビニール紐だった。

人の首が収まる空洞が暗闇に浮かんでいる。たった今まで自分が何をしようとしていたか思い出す。途端に膝が震えだし、涙が滲《にじ》んできた。

どれだけ自分に言い聞かせたところで、本音は明白だった。

まだ死にたくなかった。


高木《たかぎ》健介《けんすけ》、と男は名乗った。

立井に対して説明もしないまま、タクシーを停《と》めて、新宿区《しんじゅくく》の住所を口にした。

運転手に聞かれたくないのか、移動中も何も語らない。

死の恐怖から解放された立井は、高木が何を考えているのか急に気になった。

高木は背筋を伸ばした姿勢で正面を見ている。高速道路のオレンジ色の照明に照らされた表情はいたってクールだ。まるでロボット、いや、今日日、ロボットの方がまだ表情がある。

まさか臓器を売られたり、犯罪の片棒を担がされたりするのだろうか。漫画のような妄想が膨らむが、次第に考えること自体バカバカしくなった。高木にどんな目論見《もくろみ》があろうと、自分には逃げる選択肢はないのだ。

タクシーは西新宿《にししんじゅく》で停まった。

案内された高木の部屋は、高層マンション八階の２ＬＤＫ。一人暮らしには広すぎるが、他に人の気配はなかった。ショールームのように物が少ない。一通りの家具が並ぶだけ。楽器やポスターもない殺風景な部屋だった。

高木は壁に掛けられた時計に目をやり「もう四時か」と呟《つぶや》いた。「今から説明を聞くか、一旦寝るか、どっちがいい？」

「今から説明してほしい」

「ミネラルウォーターでいいかな？」

高木は冷蔵庫からペットボトルを取り出すと、それとグラスをテーブルに置いた。椅子が一つしかなかったので、座ることを躊躇《ためら》ったが、高木に促されて腰かける。

高木は数枚のカードを並べた。

保険証、私立大学の合格通知書、マイナンバー通知カード。当然すべて高木健介の名義だった。

「さっきも説明したけど、キミには、僕の代わりに生活をしてほしい。住居は提供するし、僕の保険証で病院に行けるし、僕の学生証でバイトもできる」

立井はその意味がやはり呑《の》み込《こ》めず、眉をひそめた。それでは自分にしかメリットがない。

「なんのために？」

「質問が曖昧だね」

「オレに何をさせる気なんだ？」

「特別なことは望まないよ。ただ、僕の名で大学に通ってほしい」

「……それだけ？」

「うん。僕、もうじき大学生なんだ。来週に入学式がある」

過酷な命令を覚悟していたので、拍子抜けした。

大学の代理出席。

高木はその後、最低限の説明を行った。高木が入学するのは文学部。大学に知り合いはいないため堂々と通えばいい。余っている部屋と当面の生活資金は提供する。学業に支障をきたさない限り、サークルなど大学生活は自由にして構わない。

話が出来すぎている、と立井はたじろいだ。

「他に質問は？」高木が冷たい視線を向けてくる。

山ほどあったが、時間帯を考えて質問を絞った。

「逃げられたらどうしよう、とは思わないのか？」

「キミは逃げるの？」

「いや、普通そうだろ？　保険証とかあったらサラ金からだって金を借りられる。持ち逃げされたらとか、警戒しないのかよ」

「僕の名前は大切に扱ってほしいな」

高木は軽く手を振った。

「でないと、キミは後悔することになる」

抽象的な脅迫だった。

しかし、彼の深く暗い双眸には威圧感があった。実行に移す気になれない。その冷たい視線は昼間出会った女性職員とそう変わらないのに、高木のそれは本質的に異なる気がした。

唾を呑んで、やめた方が良いと判断する。

元々、そんな生き方をするくらいなら、潔く死のうと考えた身だ。

——正しい自分でありたい。

「今日は寝よう」高木が視線を外した。「もし腰が痛むなら、明日病院に行きなよ」

立井の歩き方の歪《いびつ》さに気づいていたようだ。

これ以上の質問を控えて、立井は自分に割り当てられた寝室で眠りについた。

静かな寝床での就寝はひどく久しぶりだった。


そうして高木健介としての生活が始まった。

まず気になったのは、バレないかという点だった。

保険証には高木健介の個人情報が記されている。二十歳。血液型はB型。

血液型は立井と同じだが、年齢は一つ違う。顔立ちは似てなくもないが、体格は肉体労働を繰り返してきた立井の方がずっと厚みがある。

すぐに見つかり、警察に糾弾されるのではないか、と不安があった。

杞憂《きゆう》だった。

病院では何も疑われなかった。保険証を見せただけで、何の躊躇いもなく診察券を発行してくれる。待合室で「高木さん」と声をかけられた時にしばらく気づかなかったが、受付に不審がられる様子もなかった。

大学の入学手続きでも同様だった。高木健介になって一週間後、入学説明会に出席して、学生証用の写真を提出するとそのまま受理された。事務員は入学試験時の受験票の写真と一瞬見比べたが、別人とは気づかれなかった。

他人の身分証を持ち歩いている事実に、誰も疑念を抱かない。

他の学生に話しかけても、立井の自己紹介を疑いもせず「高木さん、どこかのサークル入ります？」と笑いかけてくれる。

不思議だった。

「そりゃそうだよ」

そのことを高木に報告すると、彼は事も無げに語った。

試験の替え玉や講義の代理出席を疑われる事はあるが、一介の大学生が学生証ごと別人になりすましているなんて発想を普通の人間は持たない。また入学当初は、数百人の高校生が大学デビューを狙って、髪を染め化粧を覚える。受験票と印象が違うことも多々有り得る。いちいち事務員は照合しないし、幸い、自分たちは顔も似ている。保険証に関しては、外国人ならば時に貸し借りを疑われるが、日本人ならばまず信用される。

高木はそれらを淡々と説明した。

あまりに抑揚なく語るので、合法のように思えてしまう。

「一応犯罪だよな？」と確認すると高木は「一応じゃなく、立派な詐欺罪だよ」と笑った。

なるほど、と頷いた。良心が痛むが、これぱかりは仕方がない。

——誰にもバレてはいけない。二人の秘密は。

それは暗黙のルールだろう。

この先も守れるかどうか不安になると、高木が優しい目をした。

「大丈夫。世界は僕たちに興味ないから」

その言葉には諦念の色があった。

高木は立井の顔をじっと見つめてきた。

「来週には学生証が発行される。キミの顔写真がついた身分証がね」

彼は深く頷いた。

「キミは完全に『高木健介』になる」

写真付きの証明書を所有していれば、銀行口座の開設やスマートフォンの契約も可能だ。バイトの面接だって受けられる。

その事実を悟ると、心に言いようもない不安が立ち込めた。

答えが見つけられなかった。

自分が高木健介として生きるようになったら――。

その時、目の前の男はどうやって自分を『高木健介』と証明するのだろう？


高木健介は謎多き男だった。

朝起きてリビングに向かうと、高木はシリアルバーを齧《かじ》りながら本を読んでいる。大学の講義が空いて昼間に帰宅すると、高木の自室からキーボードの打鍵音だけが聞こえてくる。しかも、かなり長い間。トイレや食事もする様子がない。そっと扉の隙間から覗《のぞ》くと、彼は冷徹な瞳でパソコンの画面を睨んでいる。

そして、夜遅くに立井が戻ってくると、部屋は消灯し静まり返っている。

外出の気配もない。冷蔵庫には冷凍パスタと野菜ジュースが大量に押し込まれていた。外食が好かないようだ。買い物はネット通販で済ませていて、週に一度、宅配ボックスに荷物が届いている。まるで、その時間を惜しむように。

彼が何者か尋ねたいが、立井はタイミングを逃し続けていた。生活リズムが重ならず、稀《まれ》にリビングで出会っても、高木は読書に集中している。高木から話しかけられることはない。唯一のコミュニケーションは『大学図書館で借りて欲しい本がある』という書置きだけ。

いやタイミングは言い訳か、と立井は思い直す。

高木に委縮していたのだ。

もちろん感謝している。それ以上に不気味だった。自分の代わりに他人を大学へ行かせる男が昼間、何をしているのか。自分は身分詐称以上の怪しげな犯罪に加担しているのではないか。

ある日バイトから帰宅すると、高木がリビングにいた。珍しく読書をしていない。テレビ番組をザッピングしている。

良い機会だった。

「ちょっといいか？」勇気を出して声をかけた。「高木は何者なんだ？」

高木は立井に視線を向け、つまらなそうにテレビを消した。元々見たい番組もなかったようだ。

「たまには一緒に歩こうか」

彼は短く言った。

二人が並んで歩くのは、分身生活を開始して初めてのことだった。

四月の夜。肌寒さが残るが、凍えるほどではない。

高木は目的地を決めているらしく、足取りに迷いがなかった。

ビルの隙間を縫うようにして歩き、深夜営業中の大型書店に入る。

向かったのは、文芸エリアだった。週刊誌の立ち読みしか目的がない立井には馴染《なじ》みのない場所だった。迷わずに進む高木は一つの棚で立ち止まると深く押し黙った。

『潮海《しおみ》晴《はる》特集』というポップが目につく。二種類の本が、棚一杯に並べられている。沈むような黒色の中に目が眩《くら》むような赤色が配色された表紙が目を惹《ひ》く。

その本には見覚えがあった。

高木はそれを二冊取ってレジに向かう。支払いを済ませて「あげる」と立井にレジ袋を差し出してきた。

立井は小さく頭を下げ、改めて本に視線を落とす。

「これ、高木の部屋にもあったような……」

「書いたのは僕だからね」

え、と声をあげると、高木は頷いた。

「とっくにバレていると思ってたよ」

高木は本屋から出たところで、自動販売機でミネラルウォーターとコーラを買い、コーラのペットボトルを立井に投げ渡し、また夜道を歩き出した。

立井は街灯の下、高木が買った本をめくった。著者の経歴欄は、昨年にデビューした以上の情報がない。帯に書かれた累計発行部数を見ると、どうやらすでにかなり有名作家らしいと想像がついた。思い返せば、電車内の広告で『潮海晴』の名前を見かけた記憶がある。

「『潮海晴』が高木のペンネームなのか？」

「大学に合格したけど、執筆が忙しくてね。本当は休学しようと思ってた」

「なるほど……」

「中身で勝負の業界とはいえ、学歴を重視するつまらない人もいる。それに一生、作家を続けられる保証もない。でも今は執筆に忙しいから、代わりに通って卒業してくれる人が欲しかった」

「すげえ」以外の言葉が出てこない立井は、落ちつきなく表紙をめくったり帯の推薦文を見つめて圧倒されていた。驚きも大きかったが、謎だった事柄が全て解けた。高木が自室に籠っているのは小説を書くためだったのだ。

二人は歩いて公園に辿り着いた。高層マンションの狭間にある煉瓦《れんが》で整備された公園だ。徐《おもむろ》にそのベンチに高木が腰かけた。立井も高木の隣に腰をかける。

「次は立井の番だよ」高木が真顔で言った。

「オレの番？」

「どうして自殺を選んだの？」

はっとした。そう言えばこれまで一度も聞かれなかった。不思議に思いつつ、腰の故障を説明する。

「それより前から聞きたいね」高木は話を遮ってきた。「どうして高校を中退して、働き始めたの？」

立井の言葉を待つように、高木はミネラルウォーターを飲んだ。

言いにくい内容だったが、誤魔化す訳にはいかない。相手は既に自分の秘密を打ち明けてくれたのだ。

立井もコーラで喉を潤した。

「早い話、親父《おやじ》が恐喝に遭って、失踪したんだよ」

両親は、街角にある仕出し屋を経営していた。地元に密着した小さな店だった。法事や祝い事に弁当を宅配する。夏祭りの時期は各町内に寿司《すし》やオードブルを持っていく。繁盛してはないが、昔からの馴染み客のおかげで生活できる。そんな店だ。

両親の二人で切り盛りしていたが、立井が十六歳の頃、父が交通事故を起こしてしまう。それが転落の第一歩だった。

急ブレーキをした車に後方からぶつけたらしい。

相手の車には、男性とその娘が乗っていた。男は警察に通報しないことを条件に、示談金を要求してきた。最初は少額だった。世間体を気にした父親は潔く支払った。

しかし後になって、同乗していた娘の治療費やカウンセリング費等と、請求金額もエスカレートしていった。十歳にも満たない女の子が怪我《けが》を負ったと玄関先で声高に主張してきたのだ。

父親が警察を避けた理由は二つある。運転免許の取り消しを避けるためだ。過去のスピード違反などが重なり、違反点数は溜《た》まっていた。宅配が中心の仕出し屋で免許停止になる訳にはいかなかった。

また問題が泥沼化すれば、地域密着の仕出し屋ほど弱いものはない。めでたい祝いの席で、誰が事故で女の子を怪我させた店主の弁当を食べたいだろうか。悪評が広まれば全てが消し飛んでしまう。

やがて払えない金額になって、結局、両親は店を畳む決断を下した。元々経営もギリギリだったらしい。存続させる余裕もなかった。その事がまた別のトラブルを呼び、立井の父親は失踪する。母親が病に伏せると、立井は高校を中退し働き始めた。

　立井が語る間、高木は一言たりとも発言しなかった。

　ベンチに座り、太ももの上で手を組み、じっと立井の話を聞いたあとで、

「キミのお父さんは、どんな人だったの？」

と尋ねてきた。

　どうしてそこが気になるのか疑問だ。小説家の琴線に触れるポイントなのだろうか。

「優しい人だったよ」立井は薄く笑った。「経営がうまくいっている時は、よく家族サービスもしてくれた。春になると、親父が弁当作ってくれて、ヤマザクラを見に行った。誤解されるかもしれないけど、家族想いのいい父親だった」

　毎年行った花見会場、そこで見た光景など、立井は取り留めもなく父との思い出話を語って聞かせた。

　高木は鋭い視線を向けてきた。

「それだけ聞くと、家族を置いて失踪するようには思えないけどね」

「いや、それは」立井は言葉を濁した。「良くも悪くも優しくて、ちょっと意志が弱かったから……新しい仕事のことで言い争いが起きて……」

家族の名誉のために具体的な話を伏せた。父との対立は最後には互いを掴み合う喧《けん》嘩《か》にまで発展して、やがて父親が失踪したのだと伝える。

高木は深く追及してこなかった。気を遣ってくれたのかもしれない。

その後のことは端的につけ加えた。腰を壊して宿泊所に暮らし、孤独感と無力感に耐えきれず自殺を選んだ、と。

高木は短く「そうだね」と呟いた。

「キミの事情は分かるけど、やはり自殺を認める訳にはいかないな」

そう言ってペットボトルをくしゃっと握り潰した。

「これだけは伝えておくよ。他人に必要とされなくても、求められなくても関係ない」

「関係ないって……」

「世界から忘れられても僕たちの魂はここにある」

たましい、と立井はそのまま繰り返した。

仰々しい言葉が呑み込めなかった。理解できない。仏教的な思想だろうか。

しかし心がすっと軽くなる。

高木はそれ以上語らなかった。ベンチから腰を上げると、無言で元来た道を戻った。

立井はあの夜の高木の言葉を理解できなかった。

分かったのは二つだけ。立井は大学を卒業する四年間、分身生活を続けられる。そして、どうやら高木は悪い奴《やつ》ではないらしい。

高木健介は紛れもなく恩人だった。彼からもらった四年間を無駄には過ごせない。大学生活を充実させるよう努めた。

勉強、資格試験、バイト、サークル、全てを懸命にこなしていく。

入学当初、大学の講義は難解だったが、友人に教わってついていった。どうしても解読できない専門書は高木に頼った。高木は大抵の事柄を淀《よど》みなく解説できた。苦手な分野はなかった。経済でも哲学でも、質問し続ける限り答えてくれた。立井は必要以上に迷惑をかけないよう、バイトの合間を縫って大学図書館に籠り勉学に励むようになった。一か月かけてドストエフスキーの『罪と罰』を読破し、日商簿記検定の勉強に勤《いそ》しんだ。自分が徹夜で机に齧《かじ》りつく日が来るなんて思ってもみなかった。

腰の具合が良くなると、バイトも始めた。高木と別れる日まで金を貯《た》めなければならない。塾の採点スタッフに雇用された。高校中退の立井では就けないバイトだが、高木の学生証を見せれば問題なく採用される。

同じ学部生の誘いでボランティアサークルにも所属した。二週に一回、保育園や幼稚園で子供の相手をし、活動後には毎回飲み会に行く。元々コミュニケーションをとるのが得意だった立井はサークルの中心となり、一年のリーダーとなった。

立井は、他の学友からよく悩み相談をされた。『高木健介』は二十歳。同学年にとって年上だからだ。

立井が特に親身に対応したのは金銭の悩みだった。立井自身も何度か痛い目に合っている。大学には、いずれ訪れる奨学金の支払いを憂慮する学生をターゲットにした自己啓発セミナーを紹介して荒稼ぎする輩《やから》が山ほどいた。限定商品の転売や動画サイトでの広告収入を目指す講座を一回十万円で聴講できるらしい。参加料を支払うべきか悩む学友に立井はアドバイスした。

気づけば、大学内で『高木健介』は一目置かれるようになった。

『高木健介』のスマホは、人生相談や飲み会の誘いなど途切れずメッセージが届いた。

恋人は作らなかったが、異性同性問わず多くの友人ができた。

立井は『高木健介』として生きる日々を満喫していた。

半年が経った頃、高木健介との関係が変わり始める。

「僕の小説、読んでくれない？」

高木が唐突に頼んできた。渡された原稿を一読して立井が感想を伝えると、高木は深く頷き、その日から執筆の協力を頼んできた。

『潮海晴』の作品のジャンルは純文学だった。作風は「閉塞」という言葉が相応《ふさわ》しい。閉じた人間関係で物語が展開されていく。ストーリーも重々しく、結末もハッピーエンドとは言い切れない。心が温まる恋愛も、驚嘆するミステリーもない。なのに、ページをめくる手が止まらない。

潮海晴のデビュー作『錆びれた翼の子供たち』は、孤独な男の子の物語だ。男の子は不登校で、彼が知る世界はテレビと母親との会話だけ。そんな少年が、外の世界を想像で白い紙に描く。やがて男の子は描いた情景を世界のどこかにあると妄信し部屋の外へ探し始めるが、母親に気味悪がられて別離する。

二作目の『無意味な夜へ旅に出る』は、ラブホテルで働く青年が訪れる客を具《つぶさ》に観察する物語だ。監視カメラの映像から客の人生を想起し、ある日知り合った女の子の人生と比較していく。

高木健介はそれらに続く三作目の執筆に取りかかっていた。

立井は執筆途中の原稿を受け取り、感想を告げる。高木はどんなに些細な指摘でも伝えるよう要求した。

二人で議論を交わすのは、決まって夜だった。昼間に立井が大学に通う間、高木が小説を執筆し、夜には読み終えた立井が疑問点を指摘する。高木の原稿が進まなかった日は、高木の過去作について違和感を述べる。

例えば、こんな風に。

立井は『錆びれた翼の子供たち』のワンシーンが気になった。

主人公の少年はある日、アパートの外で男性の帰りを待つ。扉の前で体育座りをして、空を眺める。空には煙を吐く煙突が並び、それを蠟燭《ろうそく》のようだと喩《たと》える。少年が待つのは、ロクでもないアルコール依存症の男。ようやく階段を上がってきた男に、少年は頭を下げる。『たった一度でいいです。僕の誕生日を祝ってください』と。少年は母の財布から盗んだ五千円札を差し出す。

バースデーケーキの蠟燭と工場の煙突が重ねられた印象的なシーンだ。金で父性を買おうとする比類ない描写は多くの絶賛を集めたことを後で知った。

「今時白い煙をあげる工場なんてあるのか？」

感じたことを伝えると、高木が眉を寄せた。

「どういうこと？」

「環境に配慮して規制されてない？　煙なんて」

「そうだね。でも、この場面の白い煙は、正しくは煙じゃないんだ。湯気だよ。ただ、子供の視点だから『煙突から湯気がのぼる』とは書かなかったんだ」

「へえ、オレの街にそんな工場があったかな」

「あったはずだけどね。そうか。気に留めない人が見れば不思議に感じるのか」

高木はこういった重箱の隅をつつくような指摘にも嫌がる素振りはなく、むしろ興味深げに感じ入っていた。立井は期待に応えようとして、積極的に疑問をぶつけた。

二作目の『無意味な夜へ旅に出る』では、作中に登場する学校が気に掛かった。主人公はある女の子と親しくなり、共に学校を見学するのだが、小学校と中学校が同じ校舎だった。「変じゃないか？」と指摘すると、高木は「生徒数が少ない田舎にはある」と答えた。


高木が小説にかける姿勢は真摯そのものだ。

ほぼ一日中彼の部屋からキーボードの音が聞こえてくる。絶え間なく聞こえてくる打鍵音と出来上がる原稿の文字量が合わず、尋ねてみた。時間に比して原稿が少ないのはどうしてだ、と。

彼曰《いわ》く、同じシーンを十通り書いて、最も上手《うま》く書けたものを更に修正して、立井に見せているらしい。その途方もない執筆量に立井はぞっとした。

彼は寸暇を惜しんで執筆の時間に充てていた。

立井が「たまには外食でもしないか？」と提案しても、高木は取り合ってくれない。「未熟な僕にそんな余裕はない」それが彼の説明だった。「主人公の悲惨さを綴《つづ》るだけの物語しか生み出せない。その先に辿り着けない」

彼は眉一つ動かさず、煩わしそうにそう告げた。その小説は世間から評価をうけ重版出来が続くにも関わらず。

異様とも思える高木の姿勢に触れ、立井は彼の生い立ちが気になった。彼がここまで物語に傾倒する理由はなんだろう。

だが、高木は自分の生い立ちを決して明かさなかった。

例えば、高木はある筆記具を愛用していた。針のように細い金属製のボールペンだ。よくリビングで分解して、丁寧に磨いている。年季が入っているらしく黒い塗装が剥げ落ちていた。

そのボールペンに彼の人生観を知れる謂《いわ》れがありそうで、立井は何気なく質問したことがある。もしかして貰《もら》い物《もの》なのか、と。

高木の答えは素っ気ない。「誰かに話すことじゃないよ」

立井には聞き慣れたセリフの一つだった。

質問すると、高木は常に誤魔化すように肩をすくめる。

彼の秘匿ぶりは徹底していた。読者には決して素性を明かさない。顔写真はおろか、出身地や年齢さえ非公開。一切のインタビューも受け付けていない。担当編集とのやり取りもメールで完結させていた。

潮海晴は完全な覆面作家だった。

自分自身の姿を明かさず、実直に作品を作り続けるストイックな小説家。

謎めいた作家像がまた読者を惹《ひ》き付《つ》けるのだろう。

立井は高木への尊敬を深めていった。

彼の物語には人を惹き付ける凄《すご》みがあった。夢中で読むあまり時間を忘れて大学に遅刻することもあった。一読しただけでは読み落とす伏線や示唆も多く、高木に質問をぶつけて改めて気づかされる発見も多い。それを発見した高揚感も魅力のひとつだった。潮海晴の小説の世界に嵌《はま》っていった。

喜んで執筆の協力をしたくなる。

恩を受けた者として、一ファンとして、そして、高木の分身として。

立井が過ごしている大学生活は、本来、高木が体験する日々のはずだ。高木の執筆に活《い》かしてもらいたくて、立井は自身の日常を紙にまとめて提出した。サークルやバイト先で起きた人間関係の拗《こじ》れ、大学の講義で知り得た興味深い研究、旅行先の写真とそこへ実際に行かねば分からない肌感覚――仔細《しさい》に伝えていくうちに、高木から頼まれるようになった。この時に抱いた感情を詳しく教えてほしい、と。

時には小説の改善案も要求されるようになった。生意気かと心配しつつも、立井は積極的に提案した。ワガママな読者の希望ではなく、創作者の立場になって熟考したアイデアだ。高木は褒めてくれた。しかし、一度も採用しなかった。悔しくもあったが、認めてもらえる案の提示は大きな目標となった。

白熱した議論が深夜まで及ぶ日もあった。議論に行き詰まると二人で散歩に出かけるのがお決まりになった。すると不思議と結論に到り着く。高木と無言で歩き、思考が研ぎ澄まされていく感覚は嫌いではなかった。お互い目を合わせ頷き、帰路につく。

こうして、二年の月日があっという間に流れていった。

二年目の春を迎えた時、潮海晴の三作目『杭《くい》』の初稿が完成した。

途中高木が何度も書き直したので時間はかかったが、立井も傑作だと確信できる作品が出来上がった。締め切りギリギリまで二人は部屋で議論した。立井は作中で登場する暗号が簡単すぎると主張して、高木はこのままがいいと意志を曲げなかった。朝方四時になったところで立井が折れた。

今後、改稿作業に入るが、一区切りついた。

担当編集に送付したところで、立井と高木はどちらからともなく同時に散歩に出た。

「キミのおかげで良い原稿が出来たな」

言葉とは裏腹に、高木の声には不完全燃焼の感情が滲んでいる。

立井はつい笑みを溢《こぼ》していた。

「その割には不満そうだな」

「うん。完成直後に言うのも嫌だけど、まだ理想の原稿とは言えないね」

「ここから修正していけばいい。少し休んだ後で」

おどけた口調で付け足すと、高木が、そうだね、と頷いた。

「じゃあ外食なんてどう？」彼は道脇に咲く桜に目をやった。「キミとの生活も二年になる。お祝いも兼ねて」

立井は「え」と聞き返し、その提案が嘘《うそ》ではないと確かめた。

「いいね、行こう」と声をあげる。この二年間、高木の口から外食なんて言葉は出なかった。お盆でもクリスマスでも高木は自室で冷凍食品を食べている。

「僕が予約しておくよ。食事はなにがいい？」

上機嫌な高木が微笑を浮かべた。

高木との初めての外食に立井は胸を躍らせた。

しかし、その祝いの日、高木健介は店に訪れなかった。

立井潤貴が彼の分身となって二年――高木健介は失踪した。

2章

二人の二周年記念日は、あいにくの大雨だった。

立井は昼間大学図書館でサークルの会議に出席して、その足で池袋に向かった。

プレゼントにはタンブラーを用意した。男同士で渡すのも変だろうかと気になったが、立井の知る限り、高木には贈り物をくれる友人や恋人がいない。一人くらい渡す相手がいてもいいだろう。これを機に日常的に酒を酌み交わせるようになれたら、楽しいに違いない。

待ち合わせ場所には一足早く着いた。ドリンクがワンコイン以下の大学生御用達《ごようたし》のバー。サッカー中継で盛り上がるテーブル席から離れて、カウンター席に腰かける。

高木からは、遅れるかもしれない、と予告されていた。

立井はジントニックを注文して、高木の到着を待った。約束の時間は八時。まだ二十分近くある。

その間、カバンから原稿を取り出した。編集者に送ったばかりの『杭』の初稿。編集からの評価も芳しく、修正指示もほぼ入らなかった。自分が褒められたように嬉《うれ》しかった。あとは高木が最終調整をして原稿を送り返すだろう。高木に問題点を伝えるなら、時間の猶予はない。

『潮海晴の三作目は、出色の恋愛小説』――そう担当編集は絶賛した。『杭』は少年が少女と二人で家出をして同居生活を始める物語だ。狭くみすぼらしい部屋で、二人は手を繋《つな》いで生活を送る。四六時中いついかなる時でも二人は手を離さない。二人は部屋から一歩も外に出ず、そのまま物語は幕を閉じる。

二人の登場人物がなぜ家出したのか、何に怯《おび》えて手を繋いでいるのか、作中では語られない。潮海晴特有の閉塞感に溢《あふ》れた、ホラーテイストな純愛小説だ。

立井が気になったのは、ヒロインの造形だった。

貧困家庭に生まれ、短髪で、少し歯の欠けた、笑顔が可愛《かわい》い女の子――。

少年と比べて言動が幼い。料理を作るたびにリアクションが大きく、少年が寝ていると隣で眠りたがる。少年の年齢は十代後半だろうが、明らかにヒロインは子供じみていた。恋愛小説と名乗るには年齢差があるように思えた。

その違和感を既に何度か伝えたが、高木は頑《かたく》なに原稿を変更しなかった。ヒロイン像に強いこだわりがあるようだ。歳《とし》の差の恋愛を描きたいのか、あるいは――。

――そもそも恋愛小説じゃないのか。

確認したいが、肝心の相手が到着しない。

時計を見ると、九時半を指していた。待ち合わせ時刻はとっくに過ぎている。

妙だ。さすがに遅れすぎている。トラブルに遭ったのなら、連絡くらいあるだろう。

普段遠出しないから道に迷ったのか。

立井はそう決めつけて、再び原稿に目を落として待ち続ける。

しかし、高木健介は店に訪れなかった。


高木健介が失踪して二日が経った。

連絡がつかない。

二周年の祝いの日、いくらなんでも遅すぎると悟って、自室に引き返した。だが高木の姿はなく、リビングには高木のスマートフォンが置かれていた。

靴はない。外出中なのは明らかだった。

深夜0時を回っても帰宅しなかったため、立井は近隣の病院に電話をかけた。今の高木健介は身分証を一切持ち歩いていない。身元不明の怪我人が運び込まれていないか、聞きまわる。けれど、高木と思しき情報は聞けなかった。

「どういうことだ……？」

誰もいない部屋で立井は考え込む。

高木健介が消えた。煙のように。

その事実に対して、思考を巡らせる。

「行方不明？　かといって、警察には頼れないしな……」

案じているのは、高木の身だけではなかった。

高木健介がこのまま失踪した場合、自分はどうなるのだという打算もあった。

その時、部屋のチャイムが鳴った。

やっと帰ってきた、とインターフォンのモニターに飛びついた。だが液晶画面に映っているのは高木ではなくスーツ姿の二人組だった。

その顔立ちを見ただけで、立井は彼らの職業を察した。

警察だった。


中年の男性刑事はタバコ臭い息で、人の目がつく場所で話すのもなんだからと告げ、警察署まで同行を求めてきた。口調は丁寧だが、目は明らかに立井を訝《いぶか》しんでいた。

絡みつくような視線で全身を観察してくる。隣の若手刑事には緊張が窺《うかが》えた。

中年刑事は体格がよくスーツの上からも隆盛した筋肉が分かるほどだった。正面に立たれるだけで委縮してしまう。

警察手帳を見せられると立井は顔が青ざめるのを感じた。

「同行って……どうして？」

まさか身分詐称がバレたのか——と身構える。

中年刑事は語った。

「一昨日、杉並区で起きた溺死事件について」

「溺死事件？」立井は怪訝《けげん》な声を出した。

予想もしていない事件だった。

その反応は刑事にとっても意外だったらしい。若手刑事の表情に驚愕《きょうがく》が見て取れた。中年刑事の表情は何一つ動かない。

立井は覆面パトカーに乗せられ、警察署に入った。途中、大学生にしては良い住居だな、と中年刑事の雑談めいた探りがあったが、曖昧な返事で誤魔化した。マヌケな学生に見えたに違いない。

取調室に入ると、立井は唾を呑みこんだ。テーブルとイスと照明しかない、無機質な部屋。男性の汗っぽい臭いが鼻をついた。

一度このパイプ椅子に座ったらただでは帰れそうにないな、と感じる。刑事に睨まれて、大人しく従った。

「言いたくないことは話さなくていい」という言葉と共に、先ほどの中年刑事が正面に座った。その言葉は親切心でなく、黙秘権を告げる手続きに過ぎないと知っていた。

中年刑事の態度は、立井の機嫌を窺い情報収集を試みるものでなく、犯人を怯えさせて自白を引き出すそれだった。

「被疑者ですか？　参考人ですか？」と立井が問いかける。

中年刑事は目を細めた。

「最近の学生は、よく知ってんな」

「たまたまです」

小説執筆の手伝いで調べたことがある。取り調べには参考人と被疑者の二種類がある、と。

「参考人だよ」中年刑事が口にする。「少なくとも、今はな」

いくらでも被疑者に変わりうる、と暗に脅される。

中年刑事は手帳を取り出して、事件のあらましを説明してくれた。

一昨日、杉並区内のため池で男性の遺体が発見されたらしい。解剖の結果、肺内部にまで水が入っていたため、死因は溺死と特定された。被害者の名は、栄田《さかえだ》重道《しげみち》。三十二歳の飲食店アルバイトの男――。

「少しでも知っていることがあれば話せ」

目の前の中年刑事は声を低くして凄んでくる。

本当に心当たりがなかった。

「どうしてオレが事件に関係していると思うんですか?」

中年刑事は舌打ちをした。不愉快な響きだ。立井は眉をひそめる。

「死亡推定時刻は、一昨日の二十一時から二十二時。被害者は、その直前に職場を離れている。同僚にハッキリ『高木健介という大学生と会って来る』と告げたそうだ。都内で該当するのはお前しかいない」

詳細を聞いても分からなかった。

だが刑事曰く、被害者のスマホに『高木健介』とのメール履歴が残っていたらしい。立井は、第三者が『高木健介』を名乗っているだけだ、と主張したが、向こうは鼻で括《くく》った態度を見せる。

状況についていけず、苛立《いらだ》ちが募ってきた。取り乱せば刑事たちの思う壺《つぼ》とは理解していたが、声を荒らげてしまう。

「第一、溺死体でしょう？　溺れただけじゃないんですか？」

中年刑事はせせら笑う。

「遺体に外傷はないが、着衣に乱れがあった。溺死の前に、他人ともみ合いになった可能性が濃厚だ。体内からアルコールも検出されなかった。事件性は高い」

立井は唇を嚙《か》み、顔に伝う汗を拭った。部屋が暑いわけではないのに、拭っても汗が噴き出してくる。脳裏をよぎる可能性から目を背けて、ただ「知りません」と同じ言葉を繰り返した。

事件については何も知らない。だがその疑わしい人物はハッキリ分かった。

高木健介だ。

被害者の栄田重道は、高木の知り合いなのかもしれない。高木が栄田を呼び出して、ため池に沈めて殺害した。その後、逃走。刑事が口にした情報とも、高木が失踪している状況とも辻褄《つじつま》が合う。

理性がそう判断したが、頑なに認めたくない衝動があった。汗を拭う手間さえ惜しく、否定できる情報を探す。

中年刑事が椅子から立ち上がって、立井の元に歩み寄ってきた。脂ぎった顔を近づけ、囁《ささや》いてくる。

「お前がやったのか？」

立井は唾を呑みこんだ。

何を、と聞き返すまでもない。今自分は、殺人容疑をかけられているのだ。

刑事はそこから一方的に、立井が殺人犯であることを前提で諭してきた。

立井の若さならば素直に吐いて、傷害致死を勝ち取るのが最善らしい。殺人ではなく傷害致死なら、事情次第で執行猶予の可能性もある。しかし黙秘すれば、警察は本腰を入れて捜査しなくてはならない。証拠が集まれば、検察は殺人罪や強盗致死で起訴するだろうという。

「打ち明けるならば今だぞ」と刑事は脅してくる。

中年刑事の圧迫は、その一部こそ的外れだったが、立井の心を強く打った。彼の言う通り、黙秘すれば立井の立場は不利になる。警察が立井と高木の入れ替わりを突き止めたら――立井も共犯ではないと言い切れるか。

両手で顔を覆って考え込む。

視界を暗闇に閉ざすと、心は僅かに落ち着いた。

高木健介には殺人の疑いがある。失踪している現状、無関連とは言い難《がた》い。高木がもし本当に罪を犯していたら――警察を敵に回し、罪人を庇《かば》う理由はあるか。

信じるべきはなにか。

縋《すが》るべきはなにか。

目の前の刑事の推論か。それとも、自分の恩人か。

「――オレは知りません」

答えはすぐに決まった。

立井は顔から手を離して、視界を開けた。

不躾《ぶしつけ》な視線をぶつけてくる刑事を、逆に睨みつける。

「オレには、アリバイがあります」立井は威勢よく言い張った。「その日、夜七時までは、大学の図書館でサークルの話し合いをしていました。その後は電車で池袋に向かい、駅構内のＡＴＭで一万円引き出して、駅近くのバーのカウンター席にいました。八時から十一時まで。店内に監視カメラもありました」

「……本当か？」

刑事の瞳が揺らぐ瞬間を見逃さず、言葉を続けた。

「あと、オレ、ひどい腰痛持ちで通院しています。最近マシになりましたが、激しい運動はできません。被害者を突き落としたのか、顔を押さえつけたのか知りませんが、人を殺す真似《まね》はできません」

「それは、いくらでもやりようがあるだろ」

「でも、もし本気で殺すなら、別の手段を用意するはずです」

一気に言い終えると、刑事たちは視線を合わせた。若手の刑事が小さく首を横に振る。再び立井に顔を向けた中年刑事の態度は穏やかになっていた。

嘘は無駄だぞ、と念を押してくるが、動じなかった。

アリバイを証言できる友人はいる。大学図書館とバーにいたことも、通院の事実も裏が取れるはずだ。

「分かった。供述調書を作るから、アリバイの話から詳しく教えてくれ」

刑事が吐き捨てるように言うと、立井は息をついた。

少なくとも、この場での即逮捕は免れたようだ。

だが、中年刑事の態度にはいまだ棘《とげ》が感じられた。立井の一昨日の行動を、電車に乗った時刻から大学図書館にいた友達まで、事細かに尋ね、同じ質問を執拗に繰り返し「悪かったな。可能性を一つ一つ潰していくことが仕事なんだ」と言い訳を述べた。

不満はあったが、ようやく解放される安堵《あんど》から何も言わなかった。

だが、中年刑事は最後に立井を揺さぶってきた。

「最後に、指紋の採取と顔写真だけいいか？」

虚を突かれた。思わず「え」と声をあげてしまう。

「オレは、あくまで参考人ですよね？」

「念のためだよ」

「念のためって……」

「なにか困る事情でもあるのか？」

狼狽を誤魔化すために、立井は「大丈夫です」と同意する。反応を試されているのだと理解した。断ったら、彼らは更に疑念を深めるだろう。

余計な表情を見せないよう、話題を変える。

「写真と言えば、被害者の顔写真はないんですか？　気になるんですが」

「そうだな。まだ見せていなかったな」

中年刑事は、一枚の写真を見せてきた。運転免許証の写真を流用しているのか、被害者の顔がハッキリと映っている。

「この顔に見覚えは？」

「まったくありません」立井は平静を取り繕う。

中年刑事はつまらなそうに写真をしまった。

その後しばらく待たされ、滞りなく解放された。供述調書にサインをして、警察署から出ていく。だが、中年刑事は猜疑《さいぎ》が込められた視線を隠さなかった。完全に疑いが晴れたわけではないようだ。

自分の左胸に手を当てて、深呼吸をする。

鼓動も呼吸もしばらく落ち着かなかった。

立井は自室に辿り着くと、トイレに駆け込み、胃の中のものを全部吐き出した。

吐いている間は考えずに済んだ。胃が空っぽになり、口をゆすぐ。

目の前の問題に身体がよろめいた。

高木の部屋から常温保存されているミネラルウォーターを持ち出し、一息に半分近く飲み干した。

「やっちまった……」

高木が愛用するオフィスチェアに腰かけて、後に引けない運命を自覚する。警察に自分の正体を隠し、供述調書にサインした。高木健介が本当に殺人犯だった場合、立井は逃亡を幇助《ほうじょ》したと認識されるだろう。

だが後悔もなかった。他人の身分証の使用は詐欺罪だと、高木から忠告を受けている。それを警察に正直に申告すれば、無罪放免にはならないはずだ。

「高木は今どこにいんだよ……？」

立井はスマホを起動させて、メッセージの通知をチェックする。失踪して以来、ほとんど無意識に、スマホの画面を確認する癖がついていた。だがロック画面には、サークルの仲間からの飲み会の誘いが表示されるだけだ。

高木は二度と立井に連絡を寄越さないのではないか——そんな予感があった。

このまま待っても仕方がない。

スマホでニュースサイトを開いた。決して大きなニュースではなかったが、杉並区の溺死体は複数の新聞社から発信されていた。どの記事にも『警察は、事故と事件の両面で捜査している』と記されている。だが、刑事の態度は、事件を念頭に置いているようだった。事件の可能性を徹底的に調べ尽くして、証拠が見つからなかった場合にのみ事故と判断するのだろう。

どのニュースにも、容疑者の情報はない。刑事の言う通り、『高木健介』もまだ限りなく被疑者に近い参考人なのだろう。

次に被害者の名前、栄田重道で検索する。

思いの外、多くのサイトがヒットした。

四年以上前に取り上げられたニュースサイトのリンクは切れていたが、複数のブログが取り上げていた。

立井はそれを見て呻いていた。

『乗用車にわざとぶつかって示談金を脅し取る「当たり屋」行為をしたとして』

『栄田重道容疑者（28）を恐喝容疑で逮捕し、発表した』

『栄田容疑者は先月、路上で走行中の乗用車に自分から接触。男性運転手に「金を払えば示談にしてやる」などと言って現金を脅し取った』

『個人経営の宅配業者やドライバーを狙ったと供述しており』

ブログには、パトカーに乗せられる栄田重道の姿があった。

立井はその人物に見覚えがあった。

「親父を恐喝した男だ……」

取調室で顔写真を見せられた時から気づいていた。

栄田重道は、かつて父親を脅迫し、立井の家庭を滅茶苦茶《めちゃくちゃ》にした男だった。

「やっぱり恐喝目的の当たり屋だったんだ……」

テーブルを叩いて、両手で顔を覆う。

溺死した男は、過去に犯罪に手を染めていた。

そのブログを読み終える頃、立井は泣いていた。哀《かな》しみだけではなかった。こみ上げてくる感情を堪えきれず、嗚咽《おえつ》を漏らした。

父親は交通事故を引き起こした罪悪感を抱え、栄田に金を支払った。だが、それは見当違いだった。栄田重道が裏で舌を出している姿が想像されて、悔し涙が滲んでくる。

髪を掻きむしり、何度もテーブルを叩く。

栄田は釈放後、間もなく溺死した。

何が起きているのか分からない――だが判明した事実もある。

被害者を呼び出した『高木健介』、立井と因縁の男の不審死、そして、その当日に失踪した高木健介。この三つの要素が偶然重なったとは思えない。何より、自分の過去を打ち明けた相手は高木だけだった。

「間違いないじゃないか」立井は一人、弱々しい声を漏らした。「お前が犯行に関わっているのは」

ただちに否定してほしい可能性だった。

しかし、真実を知る高木健介はこの場にいない。

気が気でなかった。

二年間積み上げてきた日常が崩壊し始めた。

友人と共に勉学に励んだ大学生活も、高木と小説に向き合った同居生活も、今まさに消えようとしていた。貯まった貯金はまだ僅かだ。薄く広く付き合ってきた大学の友人たちが自分の潔白を信じてくれる確信はない。

砂の城が風に吹かれて消えるように、せっかく摑んだ安定が終わろうとしていた。

今この瞬間逮捕されて、身一つで放り出されたら自分はどうなるのか。

——誰からも必要とされず自殺を選んだ日。

桜の木の下で揺れるビニール紐の光景が頭から離れない。

それだけは嫌だ、と心が絶叫する。

立井は、夜になるまで高木健介の所持品を探った。彼の居場所のヒントを摑みたかった。だが一つも見つからなかった。元々高木は物欲が乏しかった。服と寝具とパソコンがあれば生きられるのではと疑うほどだ。

残されたパソコンやスマホには、彼の交友関係を示す情報が何一つなかった。通話アプリの連絡先には、立井と担当編集以外は存在しない。スマホには、連絡が取れない高木を心配した担当編集者からのメッセージが溜まっていた。

だが――栄田重道に関する情報はパソコンに保存されていた。

新聞記事のPDFデータがあった。栄田重道は逮捕当時、市役所の嘱託職員で、裁判では懲役二年の判決が下ったらしい。

高木健介は栄田重道を調べていた――それは、犯行の関与を裏付ける証拠だった。

栄田の死を喜ぶ余裕などなかった。

高木は今、どこで何をしているのか。

不安に駆られ、最悪の可能性が頭に浮かんでくる。

――高木健介は、立井潤貴に殺人の罪を被《かぶ》せ、逃走している。

あり得ない。考えられない。自分を救ってくれた恩人はそんな真似をしない！

混乱する頭を抱え、自分に言い聞かせる。少なくとも、それが目的ならば犯行当日、立井にアリバイを作るよう仕向けないはずだ。

だが、高木健介はどんな事情があって立井の前から姿を消したのか。

「高木に聞くしかねぇけど、どう追えばいいんだよ……」

苛立ちから独り言が大きくなる。

高木健介の交友関係は立井と担当編集の二人のみ。だが、担当編集に高木健介の失踪を告げる訳にはいかない。真っ当な社会人ならば、警察に届け出るだろう。あまりにもリスキーだ。

ネットの掲示板で情報を集めることを考えた。『高木健介という男を知りませんか?』と書き込む。即座にバカバカしさを悟る。そんな胡散臭《うさんくさ》い書き込み、無視されるのがオチだ。

なら、潮海晴の情報を追うのはどうだ——だが、潮海晴は素性を明かさない覆面作家だ。出身地さえ世間には明かしていない。

浮かんだアイデアに次々とバツがつけられる。

なにか高木自身が過去にヒントを残していなかっただろうか。いや、彼との話題の多くは、小説の類だ。哲学的だったりあるいは抽象的だったり、そんな対話だけ。

『僕の分身にならない?』

高木がかけてくれた言葉が思い出された。

アレはそのままの意味なのだろうか。あるいは、この失踪は出会った時点で計画されていたのか。どんな気持ちをその言葉に託したのだろうか。

分身――。

ふと閃《ひらめ》いた。

高木を追う手段を一つだけ思いついた。


警察に詰め寄られた翌日、立井は区役所に向かった。

高木健介の名前で申請書を書いて、高木健介の学生証を添付して職員に提出する。職員は立井の顔を一瞥《いちべつ》して受付札を渡してくれた。

学生証に添付している写真は、既に立井潤貴の顔写真だ。滞りなく発行されるはず。

自分が高木健介の分身だからこそできる手段だった。

十五分ほどの待ち時間が何倍にも感じられる。

名前を呼ばれるとすぐに、窓口に駆け寄って受け取った。封筒に大切にしまい、人気のないトイレで読み込んだ。

立井が発行したのは――高木健介の住民票だった。

その住民票には高木健介の前住所がある。

高木の前住所は、東京の近郊にあった。

ここが故郷なのか――。

インタビュー記事一つ残さない潮海晴の出生地かもしれない。

高木健介の住民票をそっと封筒に戻した。

今すぐ高木を問い詰めたかった。この窮状を脱する術はあるか。殺人は真実なのか。

二年間の分身生活の真実はなんだったのか。

ＡＴＭでバイト代を下ろす。

住民票の記載内容をもう一度確認して、ＪＲの発車時刻を調べた。

3章

高木健介の故郷は、東京から離れていなかった。新宿駅から在来線で三十分強のベッドタウン。立井の生まれ育った街と近い。

降り立った時、立井は既視感に駆られた。中層ビルが駅を囲み、そのビルの一階と二階は見覚えのある飲食店ばかり。ハンバーガー屋、喫茶店、牛丼屋、居酒屋、都市銀行。全国に千店舗以上あるチェーン店を一列に並べてみせたような駅前。栄えている街のはずなのに、殺風景な田舎より心が躍らない。見ているだけで嫌になってくる。

バスに乗ると、ようやく街並みらしい街並みが見えてきた。国道沿いに立ち並ぶ工業製品メーカーの広告を見て、工業で栄えた土地なのだと理解する。

窓の外には、工場が見えた。

天を突くようなオレンジ色の煙突が立ち並んでいる。

立井は、潮海晴のデビュー作をめぐっての高木との議論を思い出した。白い煙を吐く煙突は未《いま》だにあるのか、という問いに対して、高木が答えたのだ。

『清掃工場や発電所では見られるけどね。工業地帯にもあるよ』

煙突からは白い湯気が立ちのぼっていた。

舞台はこの町なのかもしれないな、と立井は考える。もしかしたら煙突は、高木の思い入れのある光景なのかもしれない。

謝らなきゃな、と心に決める。

白い煙をあげる工場は、確かにあった。

しかし、肝心の謝罪相手の行方は知れない。

車内アナウンスが目的のバス停を告げ、立井は降車ボタンを押した。

改めて住民票の記載内容を確認する。前住所と本籍は一致している。転入日と転出日は三年前。高木が十九歳の日付だ。

バス停を降りた先に、高木健介の実家があるはずだ。


高木健介の実家は、庭付きの一軒家らしい。

唸るような速度でトラックが行き交う県道から逸《そ》れて、畑が点在する道を進むと、立派な生垣が見えてきた。立井の身長を超えるツバキ。生垣の下で、既に散った赤黒い花びらが固まっていた。

家はさほど大きくない二階建て。瓦屋根の木造住宅だった。

庭には乗用車を停められるスペースとタイヤの跡があったが、車がない。外出中か。

立井は『高木』の表札を確認して、チャイムを鳴らす。案の定返事はなかった。何度か押して待ってみるが、家から物音はしない。

「この時間なら会社にいるよ」

生垣の向こうから声が聞こえた。

立井が顔を向けると、ツバキの隙間から高齢の女性が顔を覗かせていた。

「高木さんに用事なら、そこを二つ行った右」

どうやら隣人らしい。物珍しい客と思って、親切に教えてくれたようだ。

チャンスと前向きに捉えた。

「あの、この家に健介君って男の子が暮らしていたの覚えていますか?」

「健介?」女性は眉をひそめた。軽く唸ったあとで声を出す。「いたような、いなかったような。あまり覚えてないねぇ」

隣人がわざわざ訪問客に声をかけるくらいだ。近所付き合いが残る地域なのだろう。町内会の行事で顔を合わさなかったのだろうか。

立井は高木健介の父がいる場所に向かった。田畑から遠ざかり、住宅が増えてくるとライトグリーンの建物が現れる。近づくと『高木哲也《たかぎてつや》税理士事務所』の看板が見えた。一階が駐車場、二階が事務所となっている。二階の様子は、カーテンで閉め切られていて見えなかった。

外階段を上って、「御用の方はチャイムを鳴らしてください」と扉に書かれた案内を見つけたところで、立井の足が止まった。

なんて名乗ればいいんだろう。

まさか両親の前で『高木健介』の名前を使うわけにはいかない。

立井がまごついていると、扉がひとりでに開いた。

スーツ姿の男性が不思議そうな表情で顔を出した。歳は五十代くらいだろうか。白髪交じりで眼鏡をかけた男性だった。顔が丸みを帯びており、柔和な印象を与える。

「御用ですか？」

男は、税理士事務所に似つかわしくない立井に首をかしげた。

立井は相手の表情を窺いながら、おずおずと告げた。

「あの……高木哲也さんはいらっしゃいますか？」

「私がそうですが」

「あの、息子さんの健介さんのことで訪ねにきました」

高木哲也の唇が微かに震えた。表情を強張《こわば》らせ、立井の後方に視線をやる。

立井は振り向くが、もちろん誰の姿もない。

「おひとりですか？」高木哲也が尋ねた。

「ええ、連れはいません」

「そうですか……」高木哲也は立井と目を合わせた。「いつかアナタのような方が現れると思っていました」

「どういう意味ですか？」

質問に対する答えはなかった。高木哲也は「上がってください」と口にして、立井を事務所に通した。

税理士事務所には、他の社員の姿はなかった。書類が乱雑に積まれた事務机が四つ並べられている。外に出払っているか、出勤日ではないようだ。

元々小さな事務所のスペースを、壁一面のキャビネットが圧迫していた。パーティションで仕切られたソファの周辺だけが何もなく、違う空間に見える。インクと埃《ほこり》の臭いが充満している静かな事務所だった。

立井が来客用と思われるソファに座ると、高木哲也がコーヒーを淹《い》れてくれた。立井の正面に座ると「改めて高木健介の父、高木哲也です」と名乗った。高木健介の住民票に書かれている本籍の筆頭者と同じ名だ。立井はてっきり名刺をもらえるのでは、と考えていたが、高木哲也はそんな素振りを見せなかった。

「突然にすみません」と立井は深く頭を下げた。「立井潤貴といいます。高木健介のルームメイトです。ちょっとトラブルを抱えていて」

「トラブル、ですか？」

「警察には言わないでもらえますか？　今からの話が警察にも伝わると、高木、いえ、健介さんも困るんです」

言い終えてから、立井は自分の不審さに気がついた。信頼を得るための気の利いた嘘を準備するべきだった。

高木哲也が訝し気な表情を見せる。

立井はリスクを承知で財布から高木健介の保険証を差し出した。

「健介の保険証……？」高木哲也の目が細まる。

「それを預け合えるほど親しい仲です」

「どういう理由でアナタが健介の保険証を？」

「それは言えません。すみません」

高木哲也は保険証と立井の顔の間で視線を数度行き来させた。乾いた唇を舐め、頷いた。

「……分かりました。詳しい事情は聞かない方がいいんでしょうね」

高木哲也は、保険証を返してくる。

立井はあっさり信用されて安堵するが、高木哲也の淡泊な態度が気になった。

物分かりが良すぎるし、立井のような珍客に動じていない。

「あの、さっきの言葉の意味はなんですか？　いつかオレみたいな人間が現れるって」

「いえ、ただの予感めいたものです。深い意味はありません」

高木哲也は言った。

「立井さん、私はアナタの事情を尋ねません。私が知っている情報は話しますし、アナタの訪問を自ら警察には言いません。ただ、もし警察に問われた時は、見知らぬ男に脅されて健介の話をした、と打ち明けるつもりです」

高木哲也は唇を結び、まっすぐな視線を立井に向けた。

どうしてかは分からないが、高木哲也は高木健介と関わりたくないようだ。さっさと立井を追い払いたいような冷たい口調。高木健介が抱えるトラブルに興味を持たない。

それでも父親かよ、と漏らしそうになって、そこで気がついた。

高木哲也は丸顔だ。面長の高木とは顔立ちが異なる。

「失礼な質問かもしれませんが」思い切って尋ねた。「もしかして健介さんとは血の繋がりは……」

「直接的な血縁関係はありません」高木哲也は否定した。「私は健介の義父です」

立井がノートとボールペンを構えると、高木哲也は語りだした。

「私が健介を引き取ったのは、健介が十一歳の頃です。四年間、私の家で過ごして、中学校を卒業すると、消えるようにいなくなりました。私が知っているのは、その短い間だけです」

「そもそも、どうして健介さんを引き取ったんですか？」

「健介は、火事で父親を亡くしたんです。母親だけでは育てられず、私の元に児童相談所から連絡がありました。私はそんな親戚の存在さえ知りませんでしたが、私と家内の間に子供ができなかったので、彼を引き取りました」

「火事ですか。健介にそんな過去が……」

呟いたあとで、立井はふと思い至った。

「もしかして、火災現場には健介さんもいたんですか？」

「なぜ？」

「彼は自炊しないんです。火が苦手だったのかなぁって」

立井の記憶には、冷凍食品と野菜ジュースしか摂取しない高木の姿があった。

当たり障りのない質問だったが、高木哲也の返答には間があった。

「……そうですね。偶然にも火災現場にいました」

「偶然？」つい聞き返した。

すると高木哲也は「当時彼らは別居していたので……」と教えてくれる。

事情がある家庭だったらしい。

「高木哲也さん。端的に述べます。ノートにメモをして切り出した。オレは今失踪した彼を捜しています。健介さんが頼るような相手を知りませんか？」

「私には分かりません」高木哲也が言い切った。

「友人や恋人は？」

「それも分かりません」

「一緒に暮らしていたんですよね？　本当に分からないんですか？」

「健介は、ずっと心を閉ざしていました。会話らしい会話もありません。健介自身も居心地が悪かったのか、小学校の頃は自室に籠りきりで、中学に上がると深夜に帰ってくるだけでした」

高木哲也は淡々と言葉を並べる。

彼が語る存在は、人間ではなくプログラム通りに動く機械かのようだ。淡々と学校と家の往復を繰り返し、自室では死人のように動かない少年。そんな人間が存在するだろうか。

しかし、その後質問を繰り返しても、高木健介の交友関係についての具体的な答えが返ってこなかった。高木健介の実母は既に亡くなったらしい。

高木哲也が最後、高木健介と接触を持ったのは、卒業式の日に残した置手紙だけ。

『一人で生きます。迷惑かけました』

高木哲也はその意志を尊重して、そのまま捜索願を出さなかった。

彼は高木の行方の見当もないようだ。立井は他の情報提供者を探り始めた。

高木健介の出身中学校は市立の西中学校と教えてもらう。

「市内の西中、ですね」ようやく次に繋がる情報を得られた。「高木と同年に卒業した生徒をどなたかご紹介してもらえませんか？」

「分かりました。近所付き合いの範囲で知っている程度ですが」

それで十分だ。

高木哲也は、その人物の家までの地図を紙に書いた。

立井が腰を上げたところで、高木哲也が言った。

「立井さん」声は淡々としていて事務的だった。「余計なお世話でしょうが、あまり健介とは関わりにならない方がいい」

「どういう意味ですか？」

「無理に探さない方が良いという意味です」

高木哲也は呟いた。「あの子は、不気味な子でしたから」

「不気味……？」

「実の母親でさえ、あの子は育てられませんでした」

どういうことか尋ね返したが、高木哲也はそれ以上答えなかった。

その忠告が、いつまでも立井の耳にこびりついて離れなかった。


立井は国道を歩きながら、改めて高木哲也の態度を考えた。

高木哲也は高木健介に関心がない。

彼の立井に対する姿勢も一貫していた。トラブルには関わりたくない——言葉も態度も、視線さえもがそう伝えていた。

思い返せば、高木哲也の隣人も高木健介を知らなかった。

あまりに可哀想《かわいそう》じゃないか、と苛立った。もちろん当時の高木にも問題があっただろう。血の繋がりもない。しかし彼らは一時期同居していたのだ。なのに、今の高木の安否さえ気にかけないなんて。

大型トラックがすぐ横を通り過ぎる。排気ガスの臭いだけを残して。

時刻は午後三時となっていた。

自分が小学生の頃の放課後を思い出した。よく友人とサッカーをしていた。授業や教科書について考えるよりも蹴り上げたボールの行方が大事だった。靴下を真っ黒にしてよく母親に怒られた。

高木健介の少年時代を思い浮かべようとしたが、うまくいかなかった。高木健介にも、自分と同じように公園を走り回った過去があったのだろうか。それとも義父の家で息を潜めるように、時間が流れるのを待ち続けたのだろうか。

そんなことを考えながら、紹介された中学の同級生の元に向かった。

──高木の居場所を知っていそうな人間を捜さないと。

苛立ちを抱いている場合ではない。気を引き締める。

目的の男性は自宅にいた。茶髪の少し太めの男。態度は冷たかった。立井を見て舌打ちをする。立井が「自分は探偵で、高木健介を追っている」と偽りの説明をし、取材料をちらつかせると、ようやく表情を和らげた。

彼も高木健介の情報をほとんど持っていなかった。同じ教室にいたにも関わらず、だ。「成績は良かったかも」「近寄りがたかったような」と曖昧な印象を残すのみで、具体的なエピソードは一つも思い出せなかった。

高木健介は家族を拒絶していたように、学校でも周囲から距離を取っていたようだ。どうしたものか、と考えて、立井は思いついた。

「アルバムは、ありますか？」

「アルバム？」男が聞き返してくる。

「卒業アルバムです。高木健介が写っているページを見せてください」

男はすぐに持ってきた。確認するのは部活動のページ。高木健介の姿は思わぬ場所に写っていた。

華々しいユニフォームが目を引く写真の中で、制服姿のままで撮影している集団があった。『科学部・天体班』と書かれている。そこには、退屈そうな表情を見せた高木健介の姿があった。

隣には、目つきの悪い猫背の男が立っている。修学旅行や体育祭のページをめくると、高木の横には大抵この男が並んでいる。盛り上がりの中心から外れて、二人の少年がつまらなそうな顔をカメラに向けていた。

「この人の連絡先なら分かりますか？」

少なくとも高木健介を捜すよりも簡単なはずという予感があった。生徒の顔写真が並ぶページから、男の名前を調べていく。

峰壮一《みねそういち》という男だった。


国道沿いのファミレスは夜十時を過ぎても賑わいを見せていた。

若者中心に学生から大人までが揃《そろ》い、談笑に花を咲かせている。大声をあげても良いというルールを各人が共有しているのか、手を叩いて笑う者さえいた。それを咎《とが》める店員もいない。彼らの顔が赤らんでいるのを見て、酒を提供していることに気がついた。ファミレスの駐車場に置かれた自転車を思い出して、きっと飲酒運転して帰るのだろうと想像した。

峰壮一は二十三歳の若さでここの店長らしい。

『実際は全国チェーンの一従業員。責任と雑務だけ背負わされた名ばかり管理職だよ』と彼の同級生から説明された。

立井がファミレスの店員に声をかけると、喫煙席に案内された。待機していると、ファミレスの制服を身に纏った男がやってきた。中学時代と変わらない、目つきが悪く小柄な男。峰壮一だ。

「お前が立井か」

峰は露骨に眉を寄せた。

「突然、中学の連中から連絡があった。高木健介の知り合いを捜している人間がいるから会ってくれって。突然来られても困るな」

「すみません、でも、どうしても」

「そんなのそっちの都合だろ」

峰は立井の正面に座ると、注文用のボタンを押した。アルバイトの女性を呼びつけて、コーヒーを二つ持ってくるよう指示を出す。

「探偵って聞いたけど本当か？　高木に都合が悪い情報は話したくないな」

立井は用意しておいた嘘を述べた。

――高木健介はこの度めでたく結婚する運びになった、しかし相手は大企業の社長の娘であり、親は結婚詐欺を疑っている。高木健介の身辺調査を探偵事務所に頼み、それで自分が派遣された。

峰は一通り聞き終えると、鋭い視線を送ってきた。

「高木はどんなやつと結婚するんだ？」

「それは高木について教えてくれたらお話しします」

峰は、ふぅん、と唇を舐めた。胸ポケットから、タバコを取り出して火をつける。

信じられないのか、煙を吐いて熟考している。

コーヒーが二人のテーブルに届く頃、ようやく峰が口を開いた。

「まぁ、俺は詳しく語れねぇけどな」

え、と立井は声をあげた。峰こそが唯一無二の友達と想定していた。

「お前が思ってるような関係じゃないよ」峰はタバコの灰を落とした。「そもそもアイツに友人はいない。俺も所詮、他人だよ。俺が語れるとしたら、そうだな」

峰は自嘲するように口元をゆがめた。

「お前は――無戸籍児って分かるか？」

「無戸籍？」

「名の通り。戸籍がない子供だよ」

すぐに言葉を呑み込めなかった。

――そんなこと、あり得るのか？

硬直していると、つまらなそうに峰が言った。

「親が出生届を出さなかったら戸籍はもらえない。それだけだ」

「でも、戸籍がなかったら困るでしょ。小学校にも病院にも行けない。出さない親なんているんですか？」

「いる。俺の親がそうだった」

峰は、自身の襟あたりを親指で叩いた。

「どういう事情ですか？」

峰はニヒルな笑みを浮かべて語ってくれた。

無戸籍にも多くのパターンがあるという。母親がそもそも無戸籍であるために出生届を出せない場合や、親が在留資格のない外国人のため役所に行けない場合。過去には、出産費用を払えない妊婦に対して産婦人科医が出産証明書を渡さない事例もあったそうだ。

「一番多い事例は、三百日ルール関係って聞くな」

耳に馴染まない言葉だった。

峰は得意げに解説してくれた。

「離婚成立後に子供が生まれた場合、それが離婚後三百日の間なら、戸籍上の父親は元夫と推定される。誰の子供か混乱がないように定めたルールだよ」

立井は、はぁ、と力なく頷いた。

それだけ聞くならば、むしろ赤子に配慮した法律のように聞こえる。離婚した後でも子供は父親を持てるのだから。

「それが高木とどう関係するんですか？」

「いいから話を聞け。ちょっと長くなるけどな」

峰は説明を続けた。

「俺の父親は、ＤＶ野郎だった。喧嘩のたびに包丁を振り回すクズだ。母は別の男の元に逃げ込み、離婚調停を行った。その最中に妊娠したのが俺だ」

その場合、出産が離婚後であっても戸籍上の父親は前夫になる。

変更できないのか、と疑問を述べると、裁判所に申し立てればな、と答えが返ってきた。

「だが大抵の場合、前夫の協力が不可欠だ。母は、それが危険と判断した。ＤＶ野郎から俺を守るためには、出生届を役所に提出しない選択が最善だった」

そして峰は無戸籍児になったらしい。

信じられなかった。

離婚の日付だけで父親を推定するなんてあまりに時代錯誤だ。

「誰が父親かなんてDNA鑑定で分かる時代なのに」

なぜ法改正がされないのだろう。憤りを感じながら唸った。

世間は俺たちに興味なんてねぇんだよ、と峰は吐き捨てた。

どこかで聞いたような、諦念に満ちた声だった。

「だから、俺が戸籍を手にしたのは九歳だ。初めて小学校に登校した日を覚えている。俺にとって小学校は『行ける人が行く場所』だった。ショックだったよ、小学校に行くのが当たり前だって知ったときは。まぁ、一番驚いたのは、やっぱり名前だな」

「名前？」

「俺は九歳になるまで、自分の本名を『ソウちゃん』だと思っていたんだ。笑えるだろ？『そういちくん』と呼ばれても、自分のことって気づけなかったんだ」

峰はその日まで本名を書く機会がなかったという。

幼稚園にも小学校にも通えなかったのだから当然かもしれない。そもそも本名が公的に定まっていないのだ。

峰は登校した瞬間初めて、自分が異質だと気がついた。自分自身の名前も、学校のルールも、鉛筆の削り方も、雑巾の絞り方も、教室で彼一人だけが知らなかった。周囲は彼を『壮一くん』と呼ぶ。だが、彼の認識では、彼の名前はまだ『ソウちゃん』だった。

峰はやるせなくなってきたのか、新たなタバコを口にくわえて火をつけた。

立井は話に聞き入っていた。だが、当初の目的を思い出す。一番に聞きたいのは高木の情報だ。

「それで、高木とは……」

「前置きが長くなったな。当然俺は教室で孤立したわけだが、そんな時に話しかけてくれたのが、高木だった。昼休み、ジャングルジムで泣いていたら、いつの間にかアイツがそばにいて、俺は不安を打ち明けた。『まったく違う人間に生まれ変わった気分だ』って。そしたら言ったんだよ。『キミの魂はずっとある』って」

立井は目を見開く。聞き覚えのある言葉だった。

「魂、ですか……」

「ガキだった俺には意味が分からなかったが、なんとなく救われたよ。俺の魂はずっと昔からあって、呼ばれる名前なんかじゃ変わらないって。その日から、俺は高木に興味を持つようになった。高木の親友になりたいっつう無邪気な願望だ。というか、てっきり高木も俺と友達になりたいと願って話しかけてくれたと思い込んでいた」

「違うんですか？」

「違うね。俺は小学校でも中学校でも高木の横を歩いた。だが結局、高木は笑顔を見せなかったな。一度だけ高木の家に遊びに行ったが、すぐに追い出された。俺が一方的に遊びに誘って断られる。気づけば、高木は街から消えていた」

峰はつまらなそうに語った。

立井が率直に「本当に他人ですね」と感想を述べると、峰は「うるせぇよ」と唇を尖《とが》らせた。不服そうだったが、出会った時よりは表情が柔らかくなっていた。

「ただ、高木について、俺だから想像つくこともある」

「なんですか？」

「おそらく――高木健介も無戸籍児だ」

さきほどの前置きはここに繋がるのか。

無意識のうちに身を乗り出していた。

「どうしてそう思うのか、聞いてもいいですか？」

すると峰は語ってくれた。

彼は小学校時代、高木の過去を周囲に聞き回った。すると級友曰く、高木健介もまたある日、唐突に学校に現れたという。転校してきた訳でもなく、今まで不登校児だった訳でもなく、突然、学校に高木の席が用意された。当時の高木健介は明らかに浮いていた。教室から頻繁に抜け出し、学校がどういう場所か理解していなかった。

「一度高木に直接訊《き》いたよ」峰は自慢げに語った。「アイツは肯定こそしなかったが、否定もしなかった」

高木健介の元無戸籍児説には、根拠があった。実際、高木健介の家庭は複雑だ。高木が峰に声をかけた理由も、同じ無戸籍児としてアドバイスした、というのは、いかにも高木らしい話だった。

かつて高木は語った。世界は僕らに興味がない——と。

その実感は自身が無戸籍児だった体験からくるのだろうか。

「以上が俺が話せる限りかな」

峰は深くタバコを吸い込むと、テーブルから身体を離し、ソファに身体を預けた。

「次は、お前が話す番だ」

「え」

「え、じゃねぇよ。高木は今どうしてる？　結婚ってのは嘘なんだろ？」

立井は改めて峰の顔を窺った。常に眉間に皺《しわ》を寄せている。不機嫌なのではなく、きっとこの男の癖なのだろう。彼は突然訪れた立井を邪険にせず、時間を割いて付き合っている。

自分の状況を考えると全ては語れないが、信頼できる相手のはずだ。

「高木は大学生で、オレとルームシェアをしていました。ただ、現在失踪中です」

「失踪?」峰が怪訝そうな声をだす。

「はい。ちょっと警察には言えない事情があって」

身分証の入れ替えと高木健介の殺人疑惑は省いて、高木と連絡が取れなくなった現状を語った。嘘をつくのは心苦しいが、立井が警察に嫌疑をかけられている事実は徹底的に伏せた。

話を黙って聞いた峰は「失踪か……」と腕を組んだ。

「峰さん、心当たりはありませんか?」

「ねぇな。何遍も言ったが、俺はアイツの他人なんだよ。知る限り、高木には友人も恋人もいない」

「会う人会う人、みんなから同じこと言われます」

立井は大きく息を吐いて、ファミレスの天井を見上げた。集中力が切れると、隣のテーブルの耳障りな声が聞こえてくる。若者の集団が猥談《わいだん》で盛り上がる。その気楽さを立井は逆恨みした。

こっちは殺人容疑の冤罪《えんざい》を背負わされているんだぞ。

峰は白い歯を見せて、立井を小馬鹿にしたように笑った。

「ま、アイツを追うなんて初めから不可能だろ。残念だったな」

どうやら峰も一度失踪後の高木の行方を調べたらしい。

「けど、俺は久しぶりに思い出話ができて楽しかった。駅まで送ろうか」

峰は車のキーを指で回しながら告げた。

駅までの車内、峰は高木の中学時代を自分のことのように自慢して聞かせてきた。入学当初からテストで優秀な成績を修めて一目置かれていたこと。女子からの評判も良かったが、近寄りがたくて誰も直接告白できず、よく峰が仲介を頼まれたこと。他人との食事が大嫌いで、給食の時間は常に嫌そうだったこと。高木が学校に通わなくなると、峰が教師に呼び出されて事情聴取を受けたこと。

それらを聞いて、立井はどこか安心した気持ちを抱いた。

しっかり見てくれた人はいるじゃないか。

彼は実母から捨てられて、義父からも突き放された。彼の傍《そば》にいたのは僅かな人数かもしれない。それでも高木健介を気に掛けていた人はいるのだ。

「結局、俺は高木が学校サボって何しているのか、教えてもらえなかったな」

ハンドルを握りしめて、峰は悔しそうに口にした。

「きっと家出の準備をしていたんですよ」立井が推理を伝えた。「お義父《とう》さんが言っていました」

「あの野郎とも会ったのか……まぁ、そういうことだろうな」

峰は、高木哲也も知っているようだ。眉間の皺が深くなる。高木哲也が息子を避けている関係を思い出したのかもしれない。

駅に辿り着き、送迎レーンで降ろされる。立井が再び頭を下げると、峰は助手席側の窓をあけて、穏やかな表情を浮かべた。

「残念か？　最有力だった俺から大した情報が得られなくて」

「本音は、そうです」立井は頷いた。「高木の行方を知りたかったんですが、峰さんでも分からないようですし」

峰は「悪かったな」と謝罪したあと、後部座席に置いてあったカバンから小さな箱を差し出してきた。箱を見ると、峰が働くファミレスのロゴがあった。峰が「今日が廃棄予定のカットフルーツ」と説明する。

立井が改めて礼を伝えようとすると、峰に遮られた。

「ただな、立井。話を聞いていると、俺はお前が知らない方が不思議だよ」

「どういうことですか？」

「高木を追う手掛かりを一番持っているのは、お前じゃないのか？　最近までルームシェアしていたんだろう？」

全てを暴露し、手掛かりがないと主張したかったが、言葉を飲んだ。

峰は圧のある視線をぶつけてくる。

意味深な問いかけだった。非難にもアドバイスにも取れる。

立井がその意図を測りかねていると、峰が先に視線を外した。

「……出過ぎた発言だな。でもな、俺の知る限り、アイツを救える人間も、今まで救った人間も存在しない。アイツが困ってんなら、お前が救ってやれ」

助手席側の窓があがって、峰はこちらを振り返らず車を発進させた。峰の車は深夜の街中へ進み、交差点を曲がりやがて見えなくなった。

高木健介を救える人間は存在しない――。

その言葉が立井の耳に残り続けた。


立井はその日、格安のビジネスホテルに泊まった。

靴を脱ぎ散らかしてベッドに倒れて大の字になる。スプリングが軋む音を聞いて、やっぱりホテルは違うなと実感する。

駅前には、他に二十四時間営業のファストフード店やネットカフェもあった。日雇い労働時代にはよく利用していたので、久しぶりに泊まるのも悪くないかな、と考えたが思い留まった。その不摂生ゆえに腰を壊した事実を思い出した。膝をたたんだ睡眠は腰に負担がかかる。

足を伸ばして眠る喜びを、立井は改めて実感した。

高木健介の学生証を差し出すと、学割が適用された。この場合も詐欺罪が適用されるのだろうか。実際に大学に通っているのは立井なのだが。

「まぁ、高木が逮捕されたら、こんな生活も終わりか」

ホテルの天井を見上げて、立井は一人呻いた。

高木の名前が使えなくなれば、また最悪な日々に逆戻りだ。腰はほぼ完治し、資格を取得するほどには教養もできた。前よりはマシな状況だが、住居と職を探さなくてはならない。その間にまた腰を壊す可能性もある。そんな未来だって、立井が逮捕されなければ、の楽観的憶測だ。

高木健介と立井潤貴は運命共同体。

二人で一人、分身だ。

腹はくっている。今更警察に泣きついても無罪放免とは思えない。

だが、立井には高木健介を辿《たど》る道筋がなかった。高木健介は謎に満ちており、最も親しかった峰壮一でさえそのほとんどを知らない。

得られたのは、高木健介が「無戸籍児」だったという可能性だけ――。

そういえば、と立井はスマホを取り出した。

電子書籍のアプリを起動させる。潮海晴の小説は電子書籍として配信されていた。

潮海晴のデビュー作にこんな文章がある。

『子供の頃、僕は家の窓から見えるランドセルに名前をつけた。ランドセルの傷は面白い。赤シマ、カップラーメンの蓋、ネコ爪、ゆで卵。でも、僕はそれがどんな風に傷ついていくのか、その過程を見られないんだ』

この主人公の境遇は最後まで明示されない。描写から不登校児かと思っていたが、今読むと無戸籍児なのではと思えてくる。ただの不登校児ならば、自分のランドセルを持っているはずだ。仮に自分がこの題材を書くならば、窓から見える傷だらけのランドセルと自分の新品のランドセルを対比する描写を入れたくなる。

立井がベッドでスマホを睨みつけていると、メッセージが届いた。

高木だろうか、と一瞬胸が躍る。

だが、見知らぬ人間からだった。

差出人は「何某」。

どんなネーミングセンスだよ、立井は笑った。

怪しげな出会い系と予想して、メッセージを開いた。

《過去を追うな。追えば、殺人鬼に殺される》

そんな一文が書かれていた。

背筋が凍る――。

心臓を握られるような気味悪い感覚を味わった。

身体を起こして、スマホの画面を睨みつける。

「殺人鬼……？」

偶然だろうか、と考えて、すぐに首を横に振る。高木の過去を追う最中に届いたメッセージだ。自分に宛てられたものだろう。

だが一体だれが？

なんのために？

イタズラの可能性は大きいが、なんにせよ不気味なメッセージだった。

「追うなって言われても、そもそも追う方法がないんだが」立井はスマホを枕の横に置いた。いや、あるから送ってきたのか。

ノートを見直した。脅迫は気味悪いが、こんな抽象的な警告で調査を諦められる状況ではない。

立井は備え付けのコーヒーを淹れて、デスクの上に腰かけて椅子に足を載せる。ひと息ついてから改めて、高木の義父や同級生から聞き取った情報を具に見直した。

「あれ……？」

気がついた。

話している最中には見抜けなかったが、情報を整理していくと見えてきた。

「時系列が変だ」

ボールペンを走らせて図表を描いていく。

「火事で父が亡くなって、義父に引き取られたのが十一歳。でも、高木と峰さんが小学校で出会ったのは九歳……」

ボールペンを動かす手が止まった。

「じゃあ、高木はいつ戸籍を手に入れたんだ？」

小学校に通っていたならば、高木健介は九歳の時点で戸籍を手に入れていた。その後、実父を亡くして、高木家に引き取られたのか。いや、そもそも火事はいつ起きたのか。

『もしかして、火災現場には健介さんもいたんですか？』

『……そうですね。偶然にも火災現場にいました』

立井の頭に過ったのは、火事に触れた時、高木哲也が見せた一瞬の躊躇い。

高木を襲った火事が妙に気になった。


立井は翌朝、役場に向かって、高木健介の戸籍抄本を受け取った。

現住所の役所で発行する住民票と違って、戸籍抄本は本籍地のある役所で受け取れる。すぐに高木の戸籍を確かめられた。

高木の出生日と出生届出日には、七年のズレがあった。

やはり高木は元無戸籍児だった。

七歳でようやく戸籍を手に入れたようだ。

出生時の両親の名前は『田辺裕《たなべゆう》』と『田辺清美《きよみ》』と知る。

その後、立井は図書館に行き、新聞記事の一括検索サービスを借りた。両親の名前で検索にかける。母親の『田辺清美』は何もヒットしなかった。父親の『田辺裕』で検索すると、過去の事件が一つヒットした。

　地方新聞が取り上げていた。

　その火災が起こったのは、十五年前。

　十一月八日。アパートの一室から火が出て、建物が半焼した。犠牲者は高木健介の実父。田辺裕のみ。昏睡状態で病院に運ばれたが、後死亡。一酸化炭素中毒だった。児童が一人、火災当時、田辺裕と同じ部屋にいたが無事救助されたらしい。新聞記事には、火災の要因は調査中とあった。

　意外だった。予想よりもずっと過去の事件だ。

　火事の後、四年もの間、高木健介は実母と同居している。

『健介は、火事で父親を亡くしたんです。母親だけでは育てられず、私の元に児童相談所から連絡がありました』

　しかし高木哲也はこの時系列をハッキリと説明しなかった。火事の直後、高木を引き取ったような言い方だ。

　なぜ火事が起きた年を告げなかったのか――。

　考えすぎか――あるいは、何かを隠したかったのか――。

戸籍抄本を再度見て、その事実に気がついた時、心臓を直接掴まれたような衝撃を味わった。

高木健介が戸籍を手に入れた日は、父親が火事で亡くなった僅か五日後だった。


その建物は高木の実家から離れていない住宅街にあった。

今にも崩れ落ちそうな木造のアパートだった。塗装さえしておらず、黒い木目が剝《む》き出《だ》しになっている。隣に立つマンションの庭から伸びる樫《かし》の枝に押し潰されそうだ。壁面には雨水用のパイプがあるが、ひび割れて、今朝降った雨が垂れ流れている。建物の正面には三階建ての住宅があり、その赤い三角の屋根が日光を遮っていた。

立井はそこで峰の携帯に電話をかけた。彼は勤務時間外なのか、電話に出てくれた。

「今、峰さんから教わった、高木の家にいます」

峰は「おぅ」と伝えてきた。「ボロいだろう？」

立井は肯定した。

正面にあるのは、高木健介が九歳の頃暮らしていたアパートだった。

高木哲也に引き取られるまで、このお世辞にも綺麗《きれい》とは言えない住居に住んでいたのだろう。

「中には入ってないけどな」峰が口にする。「母親と仲が悪いからって、高木は上げてくれなかった」

外観を見て、部屋の様子を想像する。

潮海晴の小説を思い出した。第一作目の一節だ。

『母は物を捨てることに怯えていた。部屋は物に溢れていた。割り箸や弁当のプラスチックトレイ、カップラーメンの容器、レトルトパウチの残骸。母が僕に授けた最初の教えは、靴下を履かずに床を歩くと危ないということだった。

二日に一度、部屋の扉を叩かれた。怒鳴り声と舌打ち。僕は、カレーの空き箱を破いてロボットを作り、気づかないフリをした。』

その時、立井の背後から子供の楽し気な声が聞こえてきた。ランドセルを背負った少年少女。少年は傘を振り回して、少女にたしなめられている。紺色のランドセルは留め金が外れていて、少年が身体を揺らすたびに中身が零《こぼ》れ落《お》ちそうになった。

立井はアパートに視線を移した。煤《すす》けた窓が見えた。

「峰さん、無戸籍児について、もう一度、教えてくれませんか？」

「は？」

「大半は、DVや駆け落ちなんかで、母親が出生届を出せない事例でしたよね？」

峰は不思議そうに「あぁ。でも高木がそうとは限らないぞ？」と忠告した。

いや——限るのだ。

立井は内心で否定した。

高木健介が無戸籍の要因は、ほぼ間違いなく父親にある。なぜなら、高木健介が戸籍を手に入れたのは火災で父親が亡くなった直後。問題が排除されて高木健介は戸籍を手に入れたと推測するのが自然だ。

だとしたら、おかしい。

あってはならない矛盾が起きている——。

「峰さんの場合」立井は唾を飲み込んだ。「無戸籍だった頃は、自分の実父に会ったりしました？」

峰は「会う訳ねぇだろ」と怒って否定した。

聞くまでもなかった。

そもそも実父と関係を断つために、出生届を提出しないのだ。もし実父と普通に会うくらい良好な関係ならば無戸籍児になるはずがない。

矛盾が生じる。

高木健介が火災に巻き込まれるはずがない。

高木健介が父親から逃げていたならば、父親の家にいるはずがない。彼は母親と共にこのボロアパートに身を潜めていたはずだ。高木哲也もまた、当時彼らは別居していたと明かしている。

それなのに、高木健介は父親と会っていた――。

その当日火災で問題だった父親が亡くなり、直後、高木健介は戸籍を手に入れた。

「どうした？」峰が心配そうに尋ねてくる。「さっきから声、震えてないか？」

立井は質問には答えず、目の前のアパートに近づいた。

郵便受けがどこも一杯に溜まっている。そっと手を差し込むと、電気代や水道代の未納通知が簡単に発見できた。時には借金の督促状も。ほぼ全ての部屋に送り込まれている。つまりは、そういう集合住宅なのだろう。

ＤＶから逃げてきた母子が裕福な生活を送れていたとは思えない。

立井自身も経験していた。世帯主との関係が切れない間は、制度上、生活保護も困難なはずだ。

その生活で、高木健介は何を決断したのか――。

実父との関係を断ち切るには、どうすればよいかと考えた――。

『一日だけでいいんです。僕の誕生日を祝ってほしい』

潮海晴の主人公のように、高木健介は実父を訪ねたのだろうか。しわくちゃの五千円札を握りしめて、酒浸りの冴《さ》えない中年男性の元に。

子供の誕生日を祝う時、キャンドルの灯《とも》るバースデーケーキが付き物だ。

金を握りしめて現れた息子を名乗る子供に、男も悪い顔はしなかった。男からしてみれば一度も会っていない息子が遥々《はるばる》訪ねてきたのだ。歓迎したかもしれない。ケーキを買ってやり、マッチでキャンドルを灯して、酒を飲んで眠り、それを確認した高木健介はそっとマッチで火を起こし——。

「いや、全部想像だ……」

力なく立井は呟いた。

火災が起きた時は、高木健介が七歳。いくらなんでも幼すぎる。

あるのは疑惑だけ。高木が別居中の父を訪れて、その日のうちに火事で父が亡くなり、高木は戸籍を手に入れた。その事実に対して、立井が憶測を抱いているに過ぎない。証拠はどこにもない。しかし——。

立井は誤魔化すような言葉を吐いてから、峰との通話を終えた。

手で顔を覆った。

高木健介は戸籍を得るために実父を殺したかもしれない――。

おそらく高木哲也も立井と同じ結論に至ったのだろう。

『不気味な子でしたから』

彼が高木健介をそう表現して、関わりを避ける理由も納得できた。いくら不幸な境遇とはいえ、殺人疑惑のある子供と共に暮らす緊張は凄まじいだろう。

それは高木の実母にも言える。彼女は結局、高木健介を親戚に預けた。その理由を高木哲也は明かさなかったが、高木健介の『不気味さ』と仄《ほの》めかしていた。

彼らはクラスメイトよりも深く、高木健介を理解していたのかもしれない。

「誰も知らない裏の顔か……」

殺人疑惑がぐっと強まった。少なくとも、今の立井には、高木が人を殺す訳がないと胸を張って言えない。

だが、ここで調査を打ち切る訳にはいかなかった。

「――行かないと」

そう自分に言い聞かせて、立井はアパートから離れた。次に調べるべき事柄は決まっていた。

父から逃げた母は、高木健介を出産するが届け出はしなかった。高木は無戸籍児として生まれ、父の死後、戸籍を手に入れて小学校に通う。十一歳の頃母と別れて、高木哲也に引き取られる。

『錆びれた翼の子供たち』と酷似していた。

父親不在の境遇も、狭いアパートで母親と暮らした日々も、周囲から不気味がられた状況も、最終的に母とも別れるエンドも。

この街で聞いた内容と小説内の描写には重なる部分が多すぎる。高木は故郷を作品の舞台にしただけではない。主人公の境遇も彼が取った行動も全部、自分の人生をモデルにしたのだ。

ならば、次に考えるべきことは一つだった。

二作目『無意味な夜へ旅に出る』に登場する女の子。

三作目『杭』のヒロイン。

この二作品に登場する少女には共通点が多い。無垢《むく》で、意志が弱く、短髪で、主人公に寄り従った女の子。三作目の初稿段階で立井が何度変更を提案しても、高木は一切譲らなかった。どうして高木がそのヒロインにこだわったのか？

決まっている。

そのヒロインは今でも高木健介にとって掛け替えのない存在だったからだ。

潮海晴――高木健介の小説のヒロインにはモデルがいるのだ。

4章

「その熱意はどこから出てくるんだ?」

分身生活を始めて一年が経った頃だろうか。

そう質問を投げかけた。

高木はキッチンで冷凍庫からパスタを取り出して耐熱皿に載せていた。その皿をレンジに入れてボタンを押す。

部屋に掛けられたデジタル時計は、夜十時を示している。これからようやく夕食なのだ。

立井が帰宅した夕方からこの時間まで、高木は休憩せず部屋に籠っていた。目が充血してほんのり赤くなっている。お世辞にも顔色が良いとは言えない。

既存作の加筆修正に高木は追われていた。単行本で発売された潮海晴の二作目『無意味な夜へ旅に出る』の文庫版が出る運びとなったのだ。高木はその一文一文に感情を打ち込むように時間を費やし続けていた。

「高木が小説を書く動機はなんだ? モチベーションをどう保っている?」

凡人の立井が当然に抱く疑問だった。

高木は中々答えなかった。代わりに、じっと視線を立井にぶつけてくる。

「もしかして……」

「ん？」

「キミも書いているの？　小説を」

一瞬で見抜かれた。隠すつもりだったのに。

鼻の頭を掻いて恥ずかしさに堪える。

「ちょっと挑戦してるだけだよ。執筆なんて全然分からねぇ」

「いいね。今度、読ませてよ」高木は表情を僅かに緩めた。笑ったのかもしれない。

立井は慌てて顔の前で手を振った。

「無理無理。完成する未来が見えない」

「途中で疲れちゃうの？」

「そういうこと。だから、動機があれば変わんのかなって」

書き始めた時は傑作を書き上げる自信があった。

高木に影響を受けた立井には読書の習慣がついていた。高木の小説に多くの意見を述べられるようになったし、小説に活かせそうな題材を収集する癖がついていた。

いざ、潮海晴のように。

しかし書き始めると自惚《うぬぼ》れを悟った。一日を費やした結果は、Ａ４用紙三枚分の既視感まみれの文章。燃え上がった心も萎えてしまう。バイトしていれば一万円はもらえたな、と息が漏れた。

「僕の動機か」高木は鈍い音を立てるレンジを見つめた。「お金かな」

俗っぽい理由を意外に思う。

すると高木が付け足すように「少なくとも最初はね」と答えた。

「じゃあ、今は？」

「とりたてて面白くもないよ。誰かに話すことじゃない」

高木はひらひらと右手を振った。

「でも聞いてみたい」立井はリビングの椅子に座り、床にしっかり足をつけた。

高木は深く頷いた。レンジから離れると、冷蔵庫から野菜ジュースを取り出した。

「語れば語るほど嘘っぽくなるけど、悪足掻《わるあが》きじゃないかな。たとえ忘れられても僕たちの魂は存在する。だから訴えたくなる。叫びたくなる。今の僕には出来ないけど、人の心を深く抉《えぐ》り、行動さえも変えさせてしまうほどの激情を作品に込めて伝えたい」

高木は言った。

「——僕たちはここにいるって」

その言葉と同時にレンジの音が鳴った。高木は耐熱皿を持って自室に向かう。食事を摂《と》りつつ執筆を続けるのだろう。その情熱に水を差す訳にも行かず、立井は追及しなかった。

この時、立井は『僕たち』を抽象的な指示語として捉えた。『僕たち若者』『僕たち小説家』『僕たち人間』といった広い概念を指し示しているんだろう、と。

後に振り返って思い至る。違うかもしれない、と。

高木と一人の少女を指していたのだろう。

高木健介はある少女との思い出を語るために小説を綴っていたのかもしれない。

・・・

スマホの着信音で叩き起こされた。

見慣れない天井に気がつき、ビジネスホテルに宿泊したことを思い出す。顔を手で擦り、枕に置かれたスマホを見た。未登録の電話番号。誰だろう。考えあぐねていると、着信が止まった。不在着信のメッセージは吹き込まれない。

高木だろうか——そう期待する心は、この五日間で幾度となく折られている。洗面所に向かう。二日目に泊まったホテルは、前日よりも若干価格が安かったが部屋の設備は悪くなかった。

洗顔を済ませると、浮いた金で買ったシリアルバーに齧りつく。無心でナッツを噛み砕いていると、だんだんと頭が回り始めてきた。

先ほどの電話番号は何者なのか。ネット検索を考えたところで、また着信音が鳴り出した。

「もしもし？」今度は電話を取った。

「もしもし、高木さんですか？」

低い威圧的な声。聞き覚えはあるが思い出せない。

立井が顎に手を当てて「高木ですが」と答える。

「強行犯捜査係の——」

そう名乗られた時点で、中年刑事の顔を思い出した。

直立の姿勢のまま電話を受けた。

「三日ぶりですね。高木さん、すみません。またお伺いしたい件があるので、警察署にお越しになれますか？」

電話だと敬語になるらしい。

相手には聞こえないよう、静かに深呼吸をした。

「……警察署では何を話せばいいんですか？」

「それは署の方で説明します」

「オレのアリバイが証明されなかったんですか？」

「それも署の方で」

「分かりました……」

新たな証拠が見つかったのだろう。唾を呑みこんだ。今度こそ逮捕されるかもしれない。

あー、と気の抜けた声を発した。

「今、ちょっと旅行中なんです。これからは難しいですね……」

刑事の声が鋭くなった。「旅行中？　どこに？」

「昔の知人に会いに。元からその予定だったんですよ」

立井は明るい声を出すように努めた。

証拠隠滅の時間稼ぎと誤解されたら最悪だ。

「……小説の取材、ですか」

相手の刑事は唸るような声を出した。

勝手に想像力を働かせてくれたらしい。

「ええ、そういうことです」立井はその流れに任せた。

「ご実家は神奈川《かながわ》でしたよね？」

「ええ」

「だとしたら宿泊もご実家？」

「いや、今日はビジネスホテルに泊まりました」

「念のため教えていただけますか？」

一日目と二日目の宿泊先を読み上げた。高木健介の身分証を提示して、宿泊したホテルだ。一つも嘘はない。

「明日の朝には警察署に行けると思えます。それでも構いませんか？」

「分かりました。お待ちしております」

妙だ。答えながら勘付いた。

被疑者に近い扱いだった立井の要望があっさり認められた。

「前回話した以上の情報はありませんが？」

「ええ、ご自身に自覚がなくても、思わぬ情報が事件解決の糸口になる場合もありますから」

立井は首を横に振って、ベッドに腰かけた。

簡単には終わらないだろう。

「そう身構えなくても結構です」刑事が伝えてきた。「取材旅行の邪魔をしてすみませんでした。気兼ねなく続けてください」

「ええ、そうさせていただきます」

「取材はどのような内容ですか？」

「自分のルーツに立ち返りたくて」

どんな些細な内容でも根掘り葉掘り詰問してくる刑事に辟易《へきえき》する。善良な市民を装わなければと分かっていても、こうも追及されると苛立ってくる。

「ルーツ、いいですね」刑事が感心したような声を出した。「となると、これから訪ねるのは旧友や元カノだったりする訳ですか？」

「そこまで答える義理はないですよ」

簡単に述べて、通話を切った。

通話の終了を確かめて、一人毒づいた。

「今から訪ねるのが元カノ？　こっちが聞きたいくらいだよ」

刑事との通話を終えると、立井は待ち合わせに向かった。警察の動きは気がかりだがどうしようもできない。

証拠隠滅を図ろうにも、立井には高木が本当に人を殺したのか、高木が今どこで何をしているのか、謎のままなのだ。

立井が次に訪れた町は、高木の実家と同じ市内だった。より港に近い場所となる。電車を降りた時に磯《いそ》の香りがした。駅に貼られたポスター曰く、ここは工場夜景マニア垂涎《すいぜん》の土地らしい。光り輝く城のような工場の写真があった。

地図アプリを見ると、待ち合わせ場所に行くには徒歩しかないらしい。土地勘のない町なので相手が指定してくれたのは助かるが、面倒な道筋だった。細い道を何回も折れ曲がる必要がある。しかも実際に歩みを進めると、鬱蒼《うっそう》とした雑木林の坂道が続いた。海辺のコンビナートから逃げるように丘を登らなくてはならない。

三月にしては陽気な気候を感じながら、道を覆うように茂る木々の中を進む。足を動かしながら、立井はここまでの経緯を思い返した。

潮海晴の小説に登場する少女――『ヒロイン』と呼ぶ。

潮海晴の二作目と三作目を改めて読み返し、彼女に関する記述を探した。しかし何度読み返しても具体的な情報を得られなかった。小説内では主人公と彼女のやりとりのみが描写されて、彼女の人物背景に関する描写は乏しい。

言動が幼いため、高木よりも年齢は低いだろう。小学校と中学校が同じ校舎ということから、高木が説明したように田舎である可能性が濃厚。父親の描写がないため、母子家庭かもしれない。高木と共に家出した――推測できる内容は、それだけだ。

「こんな人物に心当たりはないか」と峰に連絡したが、彼も知らなかった。学校外で会っていた、あるいは、高木が中学卒業後に会ったのかもしれない。

『ヒロイン』は一体何者なのか――。

高木が失踪している現状と関係はあるのか――。

彼女こそが高木の現在地を知っているのではないか――。

疑問は尽きないが、いかんせん辿れそうな人脈はない。

賭けに出る決断をした。

脅迫者——立井に謎の警告を送った人物に返信をした。

『調査を打ち切るつもりはない。むしろ、調べられて困る人間がいると分かった今、より一層励む気だ。文句があるなら直接聞いてやる』

挑発的な物言いはわざとだ。脅迫状を送る相手ならば案外単純な奴かもしれない、と憶測した。

果たして返信はあった。

『明日、指定する場所に来い』

危うい香りはしたが、他に当てのない立井は従うしかなかった。


ここまでの経緯に思考を巡らせているうちに、辺りを囲む木々が途切れた。丘の頂上に辿り着いた。開けた場所に出る。突然地面が整備されたコンクリートになった。駐車場らしい。

駐車場の隅には、絵本に出てくるような西洋風の尖塔《せんとう》が立っている。展望台のようだ。立井が振り向くと、青々と広がる海と立ち並ぶ工場が見えた。駅に貼られた写真はここで撮られたのだなと納得する。

待ち合わせ時刻ジャストに着いたが、相手の姿はなかった。

やっぱりイタズラだったか。

その後、二十分ほど待ったが誰も訪れなかった。メッセージを送っても返信はない。

期待半分疑い半分だったが、さすがに肩を落とした。

これでいよいよ手掛かりが尽きた。

坂道を下って、次に取る手段を考える。

来た時と同じ道を通る。常緑樹が茂った細い坂道だ。視界が悪く、昼間であろうと薄暗い。平日のせいか、歩行者は立井一人だった。

道の半ばに差し掛かった時だった。

木の陰から、何者かが飛び出してきた。

反応できなかった。首を抱えられて、道の脇まで引っ張られる。足を踏ん張ろうにも、雑草の茂った道は湿気を帯びて靴が滑る。声をあげる選択肢を思いついたのは、完全に道の外に連れ込まれ、カッターナイフを突きつけられた後だった。

「高木健介を追うな。分かったか？」

男の声。

立井が顔を向けると、マスクをつけた男がいた。顔の半分を隠しているが、若い男性のようだ。腕は細い。立井よりも頭一つ分身長が低い。暴力に慣れていなさそうだ。

相手がすぐカッターで切りつけてこないと察すると、冷静さを取り戻した。

「脅迫文を送ってきたのはアンタか？」

男は無言だった。

再度、質問をする。

「アンタは、高木と知り合いなのか？」

「黙れ」男が立井の喉元にカッターを近づけた。

「……じゃあ、最後に一個だけ」

坂の上に視線を向けた。

「あそこにいる人は、アンタの仲間か？」

「え」

目撃者がいると思ったのか。男が間の抜けた声を出した。

その隙を見逃さず、カッターを握る男の手を両腕で掴み、それを押さえつけたまま、男の足を払った。不格好な背負い投げのような中途半端な投げ技だったが、男を転ばせるには十分だった。

地面に腰を打ちつけた男は、その拍子にカッターを手放した。

立井はすかさずカッターを回収する。それから襲撃者の姿を確認した。

幼さの残る顔立ちとスポーツ刈りの髪型にまず目が行き、次に、上下黒のジャージの安っぽい恰好《かっこう》を確認した。

意外だった。

そこにいたのは、どう見ても未成年の少年だった。

少年の名前は簑島真司《みのしましんじ》。中学三年生。

警察への通報を脅し文句に使い、立井は学生証を出させて駅前まで連れて行った。

簑島に、この辺に座れる場所はないか、と尋ねると、簑島は店先に椅子が並ぶスーパーマーケットを指差した。イートインスペースがあるらしい。いまいち緊張感に欠ける場所だが、駅前は他に何もない。

立井は店内でドリンクを二本買うと、カウンター席に着いた。

簑島は先ほどの威圧的な態度とは打って変わって、先生に叱られる子供のように身を縮こませている。立井の指示に素直に従ってくれた。

学校には言わないでほしいと頼まれたので、正直に話せば警察にも言わないと立井は答えた。

警察という単語を出すと、簑島はさっと顔を青くした。

「雇われたんですよ」彼は慌てだした。「自分、詳しく知らなくて」

「誰に?」

「クラスメイトに」

状況が理解できなかった。

簑島は立井の困惑を察したように目を伏せて、か細い小声で「俺、万引きで有名なんですよ」と説明した。

簑島はあまり裕福ではない家庭らしい。中学入学当初から周囲に察せられていたが、現行犯で捕まって以来、学校中に広まったらしい。簑島は万引きの常習犯、と。

「だから金さえ渡せば、大抵のこと、やってもらえるって思われてて」

実際その通りだろ、と非難すると、彼は悔しそうに拳を握った。

弱い者イジメしている気分になってくる。成功報酬はいくら、と話題を変えた。

簑島はまた覇気のない声で「五千円」と答えた。

耳を疑うような安い金額だったが、彼にとっては大金かもしれない。

「分かった。じゃあ五千円分好きなの奢《おご》るから、雇い主の元に案内しろよ」

財布の中身が気になったが必要経費として諦める。簑島は目を輝かせて「本当に？」と聞き返してくる。十五分以内にな、と再度伝えると、簑島は食品売り場に向かって、夢中になって商品をカゴに入れ始めた。

弁当を四つも買い物カゴに詰め込んだので、もっと保存の効くものを買えばどうかと忠告する。すると簑島は、弟もいるんで、と照れたように笑った。別の中学校に通う弟は学校行事で不在という。会計は六千円を超えていたが、立井は黙って支払った。大きなレジ袋を一つずつ抱えて、立井と簑島は展望台に向かった。再び坂道を登って、丘の上にある尖塔に辿り着く。

上がってみて分かったが、展望台は会話をするのに打ってつけの場所だった。景色が見られるよう長椅子が置かれていた。日差しも避けられ、誰かに会話を聞かれる心配もない。心地よい潮風が海から流れてくる。

長椅子には、少女が座っていた。

あどけない顔と威圧的な吊《つ》り目。かなり素朴な顔立ちだ。灰色のパーカーと黒色のジーンズの地味な恰好が、その印象に拍車をかけている。

伊佐木志野《いさきしの》という名前は、簑島から聞いていた。

彼女は立井の背後にいる簑島を見ると、「どうして連れてきちゃうのっ」と声をあげ、目を丸くした。

簑島は、すまんかった、と顔の前で両手を合わせた。

立井は簑島に、もう帰っていいよ、と手を振ると、彼は再度伊佐木に謝ったあと両手にレジ袋を抱えて消えていった。

伊佐木と二人きりになり彼女の正面に立った。

「まさかキミみたいな女の子が人を雇って、襲わせるなんてね。あの脅迫文を送ったのもキミ？　どういうこと？」

つい詰問するような口調になった。彼女は肩を縮こませる。

「……頼まれたんです」伊佐木は俯《うつむ》いた。「真衣《まい》の彼氏に」

「キミもか。誰にだよ」

「だから、真衣の彼氏です。私は真衣の親友なんです」

この子から事情を聞き出すのは長くなりそうだな、と立井は頬を掻いた。

時間をかけて、伊佐木から真衣の彼氏を聞き出す。背は高く、冷たい目つきで、無表情で、理知的な男――。

立井は途中で頭を殴られたような衝撃を受けた。

「もしかして、高木健介？」

伊佐木は、そういえば高木という苗字《みょうじ》だったかな、と自信無さげに頷いた。

まったくの予想外だった。調査をやめろ、と高木からメッセージが届くなんて。しかも直接ではなく、少女を通して。

「どうして……？」

「知りませんよ。ただ一昨日くらいに私のスマホに突然連絡があったんです。『ある男に調査を打ち切るように警告してくれ』って」

詳しく聞くと、突然伊佐木のスマホにメッセージがあったらしい。当然伊佐木も不審に思ったが、吉田《よしだ》真衣という親友の恋人の名前だったのと、報酬のギフトカード一万円が送られてきたので請け負ったようだ。彼から詳しい説明はなかった。だが、文面からは窮地にいると察せられた。伊佐木は親友のために従った。男性から調査を止めないという意志表明の返信が届くと、クラスメイトを雇った。

そこまで把握した後で立井は睨みを利かせた。

「念のため聞くけど、カッターナイフは高木の指示？」

伊佐木は目を泳がせ、申し訳なさそうに否定した。

後先考えずに行動するタイプらしい。高木にとっても、彼女がここまで律儀に役目を果たすとは想定外だろう。

立井は伊佐木からスマホを受け取り、その文面を見て考えた。

直接立井に伝えず、伊佐木を通したのは、警察を警戒したからだろう。高木は、立井が警察を欺いている現状を知らないはずだ。疑っているのだろうか。

一抹の寂しさを抱えていると、伊佐木は立ち上がった。

「あの……もう伝えたので私は行きますね。とにかく真衣の彼氏は、調査を打ち切ってほしいそうです」

立井は慌てて声をあげた。

「いや、待って。まだ聞きたいことがある」

「勘弁してください。脅したことは謝りますけど、私は元々無関係でしょう」

立井は言葉に詰まった。

伊佐木の発言は正しい。彼女はただのメッセンジャー。立井と高木の問題にこれ以上、付き合わせる義理はない。

伊佐木は礼儀正しく立井に頭を下げたあと、背中を向けた。逃げるように早足で展望台を降りて行く。階段を叩く音が虚《むな》しく響いた。

だが、このまま行かせる訳にはいかない——。

数秒遅れて思考をまとめると、展望台から身を乗り出して階下にいる伊佐木に声をかけた。

「吉田真衣が今どこにいるか知っているか？」

伊佐木の足が止まった。はっとした顔をして振り向いた。

その反応で立井は自分の予想が的中したと確信する。

畳みかけるように言葉を繰り出した。

「伊佐木さん、もしかして吉田真衣を捜しているんじゃないか？　だからこそ、キミは彼女のために行動を起こしたんじゃないのか？」

真衣――という人物が何者かは分からない。だが、伊佐木の口振りからすると高木と親交のある人物に違いない。『ヒロイン』かもしれない。もし吉田真衣がその人物ならば、彼女は家出をして高木と共に街から消えたはずだ。

伊佐木が声をあげた。

「真衣の居場所を知っているんですか……？」

推理は当たったらしい。

伊佐木の親友――吉田真衣が『ヒロイン』だ。

「オレは高木を追っている。その吉田真衣は高木と親しいんだろう？　オレが高木に辿り着けたら、その時はキミに吉田真衣の居場所を教える。どうだ？」

海から吹いてくる風に負けないボリュームで声を張った。

伊佐木はしばらく唇を固く結び、押し黙った。瞬きを頻繁に繰り返して、深く考え込んでいるようだった。やがて顔を上げると再び展望台まで上って「分かりました」と口にした。

伊佐木は展望台の端まで歩くと景色に目を向けた。白い工場が群れをなして巨大なジャングルジムのように見える。その奥には濃い青色の海が広がっている。

立井は彼女の横に立ち、吉田真衣の写真を見せてくれるよう頼んだ。伊佐木は快くスマホに写真を表示させた。小学校の校門の前で伊佐木と一人の少女がピースサインをしている。潮海晴の小説に出てくる通り、短髪で前歯が欠けた幼げな女の子。やはり吉田真衣が『ヒロイン』で間違いないようだ。

立井がスマホを返すと、伊佐木は語りだした。

「……私と真衣はホーム育ちなんです。私は物心つく頃からホームでしたが、真衣は小学五年生の時に来て、そこで会いました」

ホームとは児童養護施設の意味らしい。伊佐木たちが暮らす施設の子供は『施設』という単語を避けて、ホームと呼ぶのがルールだという。

吉田真衣はホーム入居前、重い病気を患っていたらしい。世間離れした部分があり、同学年の伊佐木が常に面倒を見ていた。吉田真衣はほとんど外出できなかった境遇のせいで、ありとあらゆる出来事に大きな反応を見せた。それが伊佐木の興味を大きくかき立てた。当初伊佐木は厄介を押し付けられた役回りに辟易していたが、気づけば自然と彼女と仲良くなっていた。

「ちなみに病気って何だったの？　かなり重病みたいだけど」

「さぁ」伊佐木の返事は歯切れが悪かった。「少なくとも私の前では病気らしい病気はなかったですけどね。完治したんじゃないですか？　本人もいまいち教えてくれなくて」

生まれつき自宅療養しており、成長につれて自然と克服される病。

思いつくのは喘息《ぜんそく》だが、まったく名残がないなんてあり得るのだろうか——。

専門外の人間には分からないだろうと諦めて、立井は話の続きを促した。

伊佐木は話を再開させた。

彼女と吉田真衣の友情は固かった。しかし、一つだけ不和があった。

吉田真衣には親しい男性がいたのだ。

「年上のイケメンと時々出かけていたみたいで。病気の間、支えてくれた彼氏らしくて、正直、信じられなかったです」

伊佐木はその理由を遠慮がちに教えてくれた。

「真衣は男子が苦手で、びっくりするほど喋《しゃべ》れない子だったから……」

半信半疑だったが、デートの現場を目撃してようやく納得した。吉田真衣は彼氏の前では、伊佐木も知らないほどの明るい笑顔を浮かべていたからだ。親友に対して抱いた嫉妬心も消えるほどの。

その後も彼女と真衣は親友同士として繋がっていたようだが――。

「でも三年前……小六の冬ぐらいに家出してしまって……」

突然の失踪だった。

吉田真衣は僅かな私物と共にホームから姿を消した。誘拐や事件が疑われるほどの予兆のない消え方だった。結局一週間ほど経って、家出してあの恋人の元に向かったのだろうと推測が流れた。

吉田真衣は何も残さなかったのか、と質問をすると、伊佐木は困ったように唇を曲げた。なかったらしい。

「強いて言うなら、この腕時計かなぁ」

伊佐木は左手首に嵌めた腕時計を見せてきた。小さなアンティーク調の腕時計。

「この腕時計を教室に置いていったんです。さっきの簑島が届けてくれたんですよ。宝物を忘れて家出しちゃったんです」

「宝物？」

「肌身離さずつけて、授業中によく触っていました。彼氏からのプレゼントらしくて。真衣のお守りみたいです」

クリスマスプレゼントらしかった。吉田真衣から高木へのプレゼントは、伊佐木と選んだ。吉田真衣は高木に金属製の黒いボールペンを贈ったようだ。

そのボールペンを立井は知っていた。高木健介が愛用していた筆記具だ。

二人はクリスマスにプレゼントを交換して、吉田真衣は腕時計を受け取った――。

「それだけ聞くと確かに宝物だね」

伊佐木に腕時計を見せてもらうよう頼むと、彼女は了承した。

どこにでもありそうな変哲の無い時計だった。

文字盤の裏には何か刻まれている。

【22722 1＊417465＊23612595 33】

シリアルナンバーには見えない。鋭利なもので彫られている。

「この数字は何？」

伊佐木は曖昧に首を横に振る。本当に分からないようだ。

立井は数字の羅列に目を凝らす。数字に挟まる「＊」の記号。見覚えがあった。

高木と暗号の議論をしたことがある。そこで見た。

つまり、これは高木が彫った暗号なのだろう。

腕時計は高木が吉田に贈ったもの——ならば、吉田に向けたメッセージか。

暗号自体は簡単に解読できる。

とりあえず立井は暗号をノートに書き写した。その間、伊佐木は呟いた。

「家出して三か月後くらいに短い手紙が来たんです。『今は幸せで、高木さんには感謝している』って。だから高木さんと一緒だと思うんですけど……」

伊佐木は悄然《しょうぜん》として肩を落とした。

「真衣はまだ仲良くやっているのかな……？」

立井は答えられなかった。吉田真衣から手紙が届いた時期とその内容を書き留める。

手紙は三年前の春に届いた。立井と高木が同居する一年前のタイミング。

——吉田真衣こそが高木の居場所を知っているかもしれない。

高木は分身生活の直近まで彼女と交流があったようだが、立井は高木と過ごした二年間、吉田真衣の姿を見ていない。高木同様に謎の多い人物だ。高木を追う上でカギとなる予感はあるが、手掛かりはなお乏しい。

ホームの職員に聞いてみるか。

大人ならば伊佐木とは異なる情報を持っているだろう。

しかし立井が突然に訪れて、元入居者の個人情報を明かしてくれるかどうか。

立井は伊佐木を振り返った。

「ねぇ、ちょっと協力して欲しい」

児童養護施設「ケヤキの家」は住宅街に溶け込むように建てられていた。傍から眺めると富裕層が暮らすコテージにも見える。白いペンキで全面塗られた洋館だった。立て看板を目に留めるまで、立井は施設と気づかず素通りしかけた。

伊佐木に案内されるがままに玄関で待っていると、彼女が施設の職員らしき女性を連れてきた。ふくよかな体型の中年女性だ。伊佐木を見る目は穏やかだったが、ひとたび立井に視線を向けると緊張の色を見せた。

手筈《てはず》通り、伊佐木が「高木健介さん。真衣の恋人の」と声をかける。

立井は深く頭を下げた。

伊佐木にも協力してもらい、高木健介に成りすます作戦だった。少なくとも全くの他人が突然訪れるよりずっとマシだろう。

児童養護施設の代表は、橋爪《はしづめ》と名乗った。警戒を隠さない瞳で立井を観察した彼女は、そのまま建物の奥へと案内した。広々としたリビングに入ると、他の子供が来ないよう扉を閉め切る。ここが応接室も兼ねているらしい。

伊佐木は部屋の外で待たされて、部屋には、橋爪と立井のみとなった。

先に口を開いたのは橋爪だった。

「まず、アナタと吉田真衣の関係を教えてください」

立井は、潮海晴の二作目や伊佐木から聞いた情報を織り交ぜて語った。

吉田真衣が家で自宅療養していた頃、毎日窓を眺める彼女を見つけて、自分から声をかけた。自身も小学校に通えなかった期間があり、彼女に同情した。彼女と仲良くなり、時折会っていた。

それらを語ったあと、完全な嘘を創作した。

「忙しくて会えない期間が続いて、久しぶりに連絡を取ろうと思ったら、真衣が家出したって聞いて――どこに行ったのか、情報が欲しいんです。オレにとって妹みたいな存在なんですよ」

立井の嘘に対して思うところがあるのか、橋爪は目を細めた。それから立井に対して、不躾なお願いですが、と前置きをして身分証を要求する。立井は学生証を差し出した。

橋爪は学生証を確認すると、なんてこと、と芝居じみたため息をついた。

「私たちは、真衣は高木さんの元に行ったとばかり……」

「行方不明届は出されたんですか？」

「もちろんです。それでも見つからず、諦める他ありませんでした……」

橋爪は言い訳をするように語尾を濁らせた。立井の嘘を信じ込み、本気で心配しているらしい。心優しい女性を欺く行為に胸が苦しくなったが、今更引き返せない。

自分ならば彼女を見つけられるかもしれないと訴える。

するとようやく橋爪は警戒を解き、そういった事情なら、と口を開いてくれた。

「高木さんは、真衣の家庭の事情をどこまでご存知ですか？」

「詳しく聞かないようにしてました」そう答えた後で、何も知らないのは不自然すぎる、と気がついた。「真衣は生まれつきの病気で、学校に通えていなかったとだけ」

「病気……」そこで橋爪は意味深に、立井の言葉を繰り返した。「そうですね、真衣は小学校には通えませんでした。彼女の母親の事故死を契機に、このホームに来て、ようやく治療して小学校に通う事ができました」

立井はそこで、ずっと気になっている疑問を切り出した。

「あの……不治の病ではないですよね……？」

伊佐木の話を聞いた時に浮かんだ最悪な想像。

吉田真衣の存在を立井が知らなかったのは、難病ゆえに既に亡くなって――。

「いえ、そんなことはありません」

橋爪はあっさり否定した。

肩透かしを食らった気分にもなったが、ほっとする。

病名を尋ねると、橋爪は「あまり話に関係ないと思うので」と渋い顔をした。立井もまた深く追及しなかった。吉田真衣が生きているならそれでいい。

話題を変えるように橋爪は説明を続けた。

「なので小学校では浮いた存在だったようです」

自宅療養していた吉田真衣は、学力に著しい遅れがあった。人とのコミュニケーションも苦手で、週の半分以上は泣きながらホームに帰ってきたようだ。ホームでも友人らしい存在は伊佐木志野以外おらず、学校には行きたくない、と毎日訴えていた。伊佐木が傍にいたおかげで、イジメらしいイジメにはならなかったようだが、仲間外れにはされていた。

「私も親身に接しましたが、気づけばホームから煙のように消えてしまって――」

後は立井の予想に反して、伊佐木から聞いた以上の話はなかった。中学生に上がる前に、吉田真衣は家出して二度と戻ってこなかった。警察に相談し、捜索したが、手掛かりは『高木』という人物しかなく、見つけ出せなかったらしい。

また当時の吉田は、スマホを持たなかったらしい。ネットを使えず、他に頼る相手もいない彼女が家出する場所は『高木』しかいないと考えたようだ。

立井は、やはり吉田真衣は高木健介の元に向かったのだと推論する。

潮海晴の三作目の記述と同じだ。二人は一時期、同居していたようだ。追及すべきはその後彼女がどこに消えて、それが高木とどう関係しているか――。

「真衣はホームに来る前、別の小学校に在籍していたんですよね？」

そう前置きをし、橋爪が頷いたところで立井は尋ねた。

「その頃通った小学校に知り合いはいませんか？　心配してくれた教職員とか」

もしかしたら、高木健介は吉田真衣と共に失踪し、吉田真衣と縁のある人物の元に逃げ込んでいるのかもしれない。

橋爪はとっくに考えたと言わんばかりに否定した。

「いませんね。真衣を気に掛けてくれる先生はいなかったようです」

「そうですか。なんとなく田舎の先生の方が、情が厚いイメージがあったんですけどね」

勝手な偏見を述べると、橋爪が不思議そうに小首をかしげた。

「田舎？　いえ、転校する前の小学校もこの近くですよ」

立井が呼吸を止めた。

東京から離れていないベッドタウン。大都会とは言えないまでも、田舎ではない。人口百万人を超える街。

自分はどうして吉田真衣が田舎の学校に通っていると勘違いしたのか――。

潮海晴の二作目『無意味な夜へ旅に出る』の記述だ。

部屋から出られない『ヒロイン』は、主人公に連れられて初めて自分の学校を目撃する。小学校と中学校が同じ校舎の学校だ。

そんな学校あるのか、と立井が不思議に思うと、高木は「生徒数の少ない田舎とかね」と解説した。だから立井は自然と、『ヒロイン』は過疎の集落にいる、とイメージを抱いた。

しかし、それは間違いだった。

ならば、吉田真衣は一体どんな学校に通っていたのか――。

立井が固まっていると、橋爪は僅かに目を泳がせた。

うっかりすれば見逃しそうなほど微妙だが確実に狼狽《うろた》えていた。まるで自分の失言に気がついたように。

このまま問い詰めたい。

だが、無理に聞けば口を閉ざしてしまうだろう。

「そういえば話は変わるんですが」立井は気づかないフリをして、平静な声で問いかけた。「真衣のお母さんはどのように亡くなったのですか？」

「アパートの外階段での転落事故です。それがどうかしました？」

その程度ならば問題ないと楽観したのだろう。橋爪はあっさりと答えた。

だが、立井は既に全てを察した。

橋爪が何を隠そうとしたのかも、高木が吉田真衣の母親に何をしたのかも。

部屋から出ると、廊下で伊佐木が待ち構えていた。

「なにか成果はありましたか？」

立井は肩をすくめてみせた。何も分からなかったよ、と伝える。もう一個だけお願いしたい、とも。

「簑島君と会わせてくれない？」立井は言った。「その、もし良かったら彼の弟さんの学校に案内してほしいんだ」

伊佐木はさっぱり理解できないようで、呆然《ぼうぜん》と瞬きを繰り返し、簑島に連絡を取ってくれた。

いくつか確認したかった。

簑島と合流すると、立井は二、三質問をして、予想を確信に変えた。

簑島は不思議がった。どうして案内させるのか、ではなく、どうして分かったのか、と。

立井は道を歩きながら、思考の流れを語った。複雑な推理でもない。彼の弟は簑島や伊佐木とは違う中学に通っている。しかし彼らの家庭で中学受験をするとは思い難い。都会では学校選択制が導入されて、自身が通う中学を選択できるそうだが、地方都市に過ぎないこの街では学区制だ。進学する中学は住所で決められて、違う中学に通う場合相応の理由が必要だ。

だから思い切って尋ねてみた。

キミの弟は一般中学とは異なる環境、つまり——特別支援学校に通っているのかと。

簑島に連れられて校門の前に辿り着くと、立井は息を漏らした。

そこは潮海晴の二作目に出てくる描写と一致していた。

荘厳な校門の造りも、小さな校庭に置かれたタイヤ遊具の数も、校舎に埋め込まれた大きな時計も。そして、小学校と中学校——正確には、小学部と中学部が同じ建物だった。

ここが、吉田真衣が在籍した学校で間違いないだろう。

生徒数が少なく、小学生と中学生が入り混じる学校だ。

立井がじっと校舎を眺めていると、生徒の一人が校舎から出てきた。弟だ、と簑島が小さく呟く。彼は校舎から飛び出して、簑島と少し話したあと、立井に対して頭を下げて丁寧にお礼を言った。

立井は彼に、他の二人に聞かれないよう小声で「吉田真衣という生徒を知らないか？」と質問する。

するとと彼は小さく頷いた。昔名簿で見た記憶がある、と。立井はその記憶が正しいか、質問を重ねた。簑島の弟の答えは揺るがなかった。

はきはきと受け答えをする彼をついまじまじ見てしまう。どこにも障碍《しょうがい》らしきものは見られなかった。

弟が校舎に戻ると、簑島が呟いた。

「あまり馴染みのない人は、そういう顔しますけどね。障碍にも色々ありますよ」

簑島曰く、弟は軽度の知的障碍らしい。小学校の半ばまでは、普通の公立学校に通っていたがイジメられて、特別支援学校に転校したという。

一目見た限りでは、簑島の弟はどこにでもいる中学生だった。

「時々、疑いの目で見られますよ」簑島は自嘲するように語った。「お前の弟、健常者なのに障碍者のフリしてないかって。パッと見、判断つかないから」

それは手当の不正受給を疑われたのか、と訊くと、簑島は頷いた。家庭の貧困も相まって、疑いは日常茶飯事らしい。暗い顔をする簑島を見て心が痛んだ。

「もう一個、簑島君に聞きたいんだけど」伊佐木には聞かれないよう小声で尋ねた。

「もしかして――君は腕時計の暗号を解いてしまったの？」

簑島は口を開けて固まった。

責める気はないよ、と立井は伝える。簑島に悪意があるとは思えなかった。暗号自体は誰でも解けるものだ。

しかし、それは誰もが解いてはいけなかった。もしその内容がバレたら少女は家出を考えねばならないほどの――。

吉田真衣が家出した際、彼女の腕時計を所持していたのは簑島だ。彼が引き金になったと推測するのが妥当だろう。

簑島が目の前にいない誰かに謝るように顔を俯かせる。

「あんな内容だとは思わなかったんです」

ある日、簑島は教室の机に置き忘れの腕時計を見つけたらしい。それが吉田真衣が身に着けているものだと思い出せた。手に取ると、文字盤の裏面に暗号があることに気づいた。解読すると、思わぬ文面が浮かび上がった。腕時計を吉田に渡す際に、吉田真衣にその事実を問うと、彼女は血相を変えて『これは私の時計じゃない』と主張して受け取りを拒んだ。

「まさか、次の日にいなくなるなんて、想像もしてなくて……」

立井は簑島を慰めた。もしキミが吉田や伊佐木に負い目を感じているなら筋違いだ、と。吉田真衣が迂闊《うかつ》だっただけだ。

去って行く簑島に礼を告げる。

ずっと隣で手持無沙汰にしていた伊佐木は「これも真衣の捜査なんですか？」と尋ねてくる。

そうだよ、と肯定して、立井は、何も分からなかったけどね、とおどけてみせた。

伊佐木は、やっぱりかぁ、と小さな笑みを見せた。落胆していないようだ。清々《すがすが》しい表情を浮かべている。

なぜだろう、立井が見つめ返すと、伊佐木は問いかけてきた。

「これを機に高木さんを追うのは止めたらどうですか？」

「ん、キミは真衣さんの現在を知りたいんじゃないの？」

立井は首を傾ける。

伊佐木は立井の横にぴったりと並んだ。

「やっぱり思うんです。真衣はきっと高木さんと幸せに暮らしているって。何かあったら、きっと戻ってくるでしょう？　そうじゃないなら、真衣は恋人と結ばれて、私を忘れちゃうくらい楽しい生活を送っているんですよ」

立井が橋爪や簑島と話している間に、心変わりがあったようだ。

立井はポケットからスマホを取り出した。たっぷり時間をかけて駅までの道を検索するフリをして、その間、伊佐木に何を伝えようか考えた。

「そうだね。高木と真衣さんは仲睦《むつ》まじく結ばれているのかも」

立井が希望的な観測を述べて、冗談めかして「橋爪さんに心配かけちゃったな」と笑った。伊佐木は「頃合いを見て、誤魔化しておきますよ」と朗らかな笑みを見せて、駅まで送る提案をしてきた。


伊佐木もまた吉田真衣を気に掛ける人物だった。駅までの道すがら彼女は、吉田真衣と自分がいかに仲良しだったか語ってくれた。彼女と初めて一緒に登校した空の青さから、小学校で同じクラスだった喜びまで。

ちょうど高木を語る峰のようだ。高木と同じく吉田もまた人を惹き付ける魅力があるらしい。

彼女の笑顔を見る度に立井の心には罪悪感が募った。

伊佐木に嘘をついた。

高木と吉田は恋人関係ではない——もっと別の、強固な繋がりだ。

伊佐木は気づいてないようだが、高木と吉田には大きな年齢差がある。吉田真衣が家出した時、彼女の年齢は十二歳。高木健介は十九歳。愛に年齢は関係ないとはいえ、この年齢の頃の七歳差は互いの価値観が違い過ぎるだろう。恋愛とは思い難い。

高木健介と吉田真衣がどう出会ったのかは分からない。

とにかく、彼らは出会いを果たした。二作目『無意味な夜へ旅に出る』の記述をそのまま信じるならば、高木が中学卒業後、ラブホテルで住み込みのバイトをしている間に、吉田真衣と出会った。学校に行けず、暇そうに部屋の窓から街を見る吉田真衣を見かけ、自分の境遇と重ねて話しかけた。

高木ならば、すぐに察しただろう。

吉田真衣が抱えている問題に——。

「ねぇ、伊佐木さん」立井は話を遮った。「吉田さんは、病気って言ったんだよね？　病気で部屋から出られなかったって」

「そうですけど……」不思議そうに伊佐木が肯定する。

伊佐木曰く、ホーム入所前、吉田真衣は重い病気を患っていた。

病気——それは不審点が多すぎる。

可能性は二つ。素人が知らない珍しい病気か、あるいは——詐病。

後者について想像を進める。

健康な少女が「自分は病気だ」と偽る理由はなにか。

周囲の同情を引きたい、ミュンヒハウゼン症候群。もしくは――。

「もう一個聞かせて。吉田さんはずっとキミと一緒の学校に通っていたんだよね？」

「そうですね、真衣がホームに来てからは」

吉田真衣は、特別支援学校に在籍していた。

だが、吉田真衣には身体障碍や知的障碍があったとは思えない。ホームで暮らしている間は、伊佐木志野と同じ学校に通ったのだ。障碍が軽度であったため一般小学校が適していると判断された――という事情ではないだろう。あまり学校に通えなかった彼女は、特別支援学校で基礎的な学習を優先されたはずだ。

もしかして――。

――吉田真衣の母は、娘を知的障碍だと偽ったのではないか。

療育手帳が発行されれば、特別児童扶養手当を得られる。母親は吉田を部屋から一歩も出さず、周囲を欺き続けたのではないか。本人には病気と説明して。

母親は吉田真衣の教育を受ける権利を犠牲にして、金銭を得ていた。

そんな時、吉田真衣の元に高木健介が現れた。

——そして吉田真衣の母親は事故死する。

転落死。事故か殺人か判断しにくい死に方で。

「伊佐木さん、もう一度、時計見せてくれる？」

母の死後、吉田真衣は高木健介から腕時計を受け取った。

その時計の裏側を改めて確認する。

【227221＊41746５＊2361225953３】

記された暗号。解読は簡単だった。吉田真衣にも読めるように単純にしたのだろう。

五十音表。横列と縦列に番号を割り振るだけ。「あ」なら「11」、「い」なら「12」、「う」なら「13」、「か」なら「21」、「き」なら「22」。途中に挟まる「＊」は濁音の記号か。

「この時計の暗号、分かるんですか？」伊佐木は期待に満ちた声をあげた。

迷った後で立井は嘘をついた。

「――いや、やっぱり読めない。きっと高木が真衣さんに贈った愛の言葉かもね」

伊佐木は「だとしたら、大分キザったいですよね」と白い歯を見せた。「でも案外、真衣は好きかも。二人が結ばれたらいいなぁ」

立井は何も言わなかった。

判明したのは——高木健介と吉田真衣の強い繋がりだった。

二人は恋愛関係ではない。強いて述べるならば——共犯関係。

彼らが明るい未来を摑んでいるとは、到底思えない。

潮海晴の二作目、三作目の情報と見聞きした情報をもとに、立井は二人の物語を推測する。

高木健介、十七歳——中学を卒業後、街で働いていた彼は、監禁されている吉田真衣と運命的な出会いを果たす。彼らは繋がり合い、吉田真衣の母親が亡くなった後も交流をかわし、二年後、同棲《どうせい》を始める。

吉田真衣は学校に通えずにいたが、高木健介に救済される。しかし十歳になるまで一度も勉強をしたことがない彼女には、教室は厳しい環境だったろう。針の筵《むしろ》の学校生活には心の支えが必要だった。恩人が与えてくれた時計をいかなる時も携帯し、自身を鼓舞した。

だが迂闊だった。

その内容を周囲に知られて、彼女は失踪するしかないと直感する。もし伊佐木やホームの職員に暗号文を知られた時、何を連想されるのかに思い至って。

あまりに軽率な行為だ――だが、責める気にはなれなかった。

吉田真衣が学校にいる間までは、高木健介もそばにいられない。だから彼はメッセージを託した。二人だけの秘密を彼女にも読める簡単な暗号にして。自分だけはいついかなる時も君を守る、という想いを込めて。

立井には分からない――高木がどうしてリスクを冒してまで彼女に尽くすのか。

通じ合ったとでも？　学校に通えなかった二人がお互いを同類として？

高木の言葉を借りるならば、魂が共鳴したのか。

世界から忘れられた孤独な魂が出会い、そして彼らにしか伝わらない感情で響き合った――。

立井は腕時計に視線を落とした。

時計に彫られた暗号は簡潔だ。

【キミがため　僕は殺す】

5章

高木健介は殺人鬼だ――。

立井が東京に戻る頃には、半信半疑だった殺人疑惑は確信に変わっていた。高木は吉田真衣の母親を殺した。おそらく実の父親も栄田重道も殺したのだろう。

そうとしか考えられなくなった。

当初は監禁や誘拐を想定していた。そのため高木健介と繋がりのある人物を片っ端から捜していた。その想定も改めなければならない。

想像は悪い方向に進む。

立井の頭を占めていたのは、高木健介が今もなお失踪している理由だ。

もしかして――高木健介は更なる殺人のために潜伏しているのではないか。

いくら高木でもこのまま国家権力から逃走を続けられるとは思えない。時間稼ぎとして立井を利用し、次なるターゲットを狙っている――そういうことだろうか。

だが、高木健介が次の殺人を犯せば、いよいよ二人の生活は終わる。

高木健介は逮捕されて、立井もまた幇助の罪に問われるだろう。

それだけは止めなくてはならない。自分のため、それ以上に高木のため。

もちろん立井の杞憂ならば問題ない。

どちらにしろ高木と再会しなければならない現状は変わらなかった。


調査は行き詰まった。

立井はこれまで潮海晴の小説をなぞるように高木の人生を追ってきた。無戸籍児時代の孤独を描いた『錆びれた翼の子供たち』、吉田真衣との出会いを描いた『無意味な夜へ旅に出る』。だとしたら、次に念頭に置くべきは潮海晴の三作目『杭』になるだろう。

この作品に、ストーリーらしいストーリーはない。家出した少女と、彼女を匿《かくま》う少年との四か月の生活を描いたものだ。最初から最後まで彼らは部屋から出ず、文章には行き場のない寂寥《せきりよう》感が満ちている。読んでいく内に息苦しさに気が滅入《めい》ってきて、そこでようやく呼吸することを忘れていたと気がつく。潮海晴の真骨頂——絶望的なまでの閉塞感だ。

これも高木と吉田真衣の人生がモデルなのだろう。

十九歳の高木健介と十二歳の吉田真衣は同居していた。小説家デビュー前の高木健介と、児童養護施設から家出した吉田真衣は、少なくとも四か月間一緒にいた。

しかし、その一年後には、高木健介は立井潤貴と同居を始める。

この一年の空白が謎だ――。

そこに高木健介を見つけられるヒントがあるのではないか、と予想を立てる。

立井は伊佐木と別れた後、東京の自宅に戻り、改めて室内を調べた。冷静な目で二日ぶりの自宅を見る。高木健介と同居しているマンションは2LDK。私物をほとんど持たない高木健介一人で暮らすには部屋が余る。

――三年前は、ここで吉田真衣と共に住んでいたのだろうか。

否定する。

――家賃が高すぎるか。

高木健介が吉田真衣と暮らし始めた時、彼はまだ小説家デビューを果たしていない。収入はなかったはずだ。当時は別の安い物件を賃貸していたと見るべきだろう。その後、小説の印税を受け取るようになって引っ越しを決めた。

吉田真衣とは別居したのだろうか――?

彼女の部屋を借りているとしたら、高木が支払っているか――?

立井は、高木健介名義の銀行通帳を開いた。すると、今も毎月四万円ほど払い込みがあった。振込先は個人。聞き覚えのない名前。毎月四万という数字に対し、車のローンや養育費が頭を過《よ》ぎるが、どれもこれまで立井が追ってきた高木健介像には馴染まなかった。

やはり高木健介は、このマンションとは別に部屋を借りていたのだろうか。

高木に近づいた実感に拳を握りしめる——が、すぐに力が抜けて手を解いた。

それらしい賃貸契約書は部屋のどこにも存在しなかった。

高木健介に秘密の部屋があるとして、そこに辿り着ける手段がないのだ。

これ以上調査する当てもなかった。

警察署に着くと、前回同様のガタイのいい中年刑事と、細身の若手刑事の二人に対応された。事件の捜査は彼らが中心のようだ。

二回目であっても、取調室の空気は慣れない。入室した瞬間、軽い立《た》ち眩《くら》みがして足元が覚束《おぼつか》なくなる。

「お疲れか？」と中年刑事に笑われる。電話では敬語だったが、実際に会うと変わるらしい。だが、前回の時よりも気安い語り方だった。

立井の正面には中年刑事が座り、部屋の隅には若手刑事が待機する。改めて中年刑事の顔つきを見たが、表情がどこか柔らかく感じられた。胸を張り立井を見下す姿勢は消えて、立井の話を聞き入れるように背筋を伸ばしている。

「高木健介、まず伝えておくと、お前のアリバイが証明された」

中年刑事が開口一番にそう告げた。

推定される犯行時刻に『高木健介』が池袋のバーで飲食していたことが証明されたらしい。前後の地下鉄の乗降や、直前の大学図書室の利用も裏付けを取れたようだ。

そりゃそうでしょうよ、と立井は笑みを浮かべた。

内心で胸を撫《な》で下《お》ろす。

なるほど。実行犯の可能性が消えたから態度が変わったのか。

刑事は「疑って、すまなかったな」と一回頭を下げて説明を続けた。

「つまり、今回の溺死体は、事故、あるいは、何者かが『高木健介』と名乗った犯行と思われるわけだ」

次はそういう推理になるらしい。

刑事はまず、自分に恨みをもつ人物はいないか、高木健介を名乗って得する人物はないか等を訊《たず》ねてきた。

犯行容疑が晴れて、立井の心には余裕が生まれていた。どの質問にも否定をせず、もっともらしい曖昧な答えを述べる。誰からも恨みを買わない人物はいない、といったように。

「あの部屋は」唐突に刑事が切り出した。

刀で切り込むような鋭い口調で。

「一人暮らしには広いよな。お前以外に誰か住んでいるのか？」

取り繕った立井の笑顔を消し飛ばすような、質問だった。

刑事は机に腕を載せてきた。立井のすぐ目の前に刑事の拳がある。

容疑者ではなくなったが、事件への間接的な関与は疑われているようだ。

「仕事部屋と寝室に分けています」と立井はハッキリと答えた。

『高木健介』が小説家だとは既に明かしてある。収入と家賃を伝えて、自分ならば問題なく借りられると言い張った。二台契約してあるスマホについても質問され、それもまた仕事用とプライベート用だと伝える。奇《く》しくも、高木は担当編集以外と連絡を取らず、立井のスマホには大学の友人しか連絡先が無い。たとえ見られても言い張れた。

「ふうん」刑事がいやらしく口元を歪《ゆが》める。「じゃあ、睡眠薬は自分用か？」

想定外の発言に、立井は「睡眠薬？」と聞き返した。

「ネットショップで注文していただろう？　海外の薬を」

高木はそんなものまで用意していたのか。

小説の資料だと短く答える。

立井の身体から汗が滲み始めた。唇が乾燥してきて、軽くくわえる。口元を隠すように鼻を掻いて、一挙一動を見張るように覗いてくる刑事を見つめ返した。

もしかして、警察は——。

立井の視線に何一つ動じる様子を見せず、刑事は追及を続けてきた。

「隣人から、こんな話があった。『二人の青年が外出した後も、隣から生活音がした。ずっと二人暮らしだと思っていた』と。お前はどう思う？」

気のせいでしょう、と返答した。実際、カマをかけられているだけかもしれない。

そもそも生活音が響くような物件ではない。

たまたま友人が来ていたかも——と主張しかけて口を閉じる。

迂闊に認めてしまえば、その友人の名前を訊ねられるだろう。そうなれば答えようがない。

隣人の錯覚だろう、と言い張る。

刑事が立井を観察する目は冷たかった。少なくとも善良な一般市民を見る目ではない。応答一つ間違えられない。

「なぁ、高木」ドスの利いた声だった。「お前、誰か匿っているだろ？」

直球の質問。

やはり立井を協力者として疑っている――。

表情に出さないよう努めたが、刑事の目を欺けたかどうか確信を持てなかった。真実に近づいてやがる。心中で嘆いた。

「証拠でもあるんですか」精一杯の虚勢を張る。

真綿で首を絞めるとはこんな状態なんだろうか。

刑事は鼻を鳴らした。

「いいや。だが、お前の態度を見りゃ分かる。特に、被害者の顔写真を見た目だな」

嘲《あざわら》笑うような口調に身体がさっと冷たくなった。

必死に表情を取り繕ったつもりだったが、滑稽なほど見破られていたらしい。

「想像で逮捕はできませんよね？」

苦し紛れの抵抗だった。

その一点に縋って反論するしかない。

「そりゃそうだ」刑事は膝を叩いて笑った。「お前の家を家宅捜索すりゃあ、話は別だろうがな」

立井の背筋に汗が伝った。

刑事曰く、裁判所で令状さえ取ってくればいくらでも家宅捜索できるらしい。

そう自慢げに説明して、刑事は顔を近づけた。タバコ臭い息を吹きかけられる。

「どうする？　ここで自白するか、家宅捜索されるか？　お前はどっちがいい？」

足の力が抜けそうになる。

どっちの選択肢も詰んでいる。

自白すれば、立井が高木の身分証を借りている詐欺行為も話さなくてはいけない。だが、家宅捜索されれば、高木健介の所持品は持ち出される。もし犯行現場に高木健介の指紋一つでも残っていれば、言い逃れはできない。

理性が静かに告げている。

――裏切っていいじゃないか。何一つ説明してくれず、消えた殺人鬼なんて。

――あの男がオレを救った理由だって、善意じゃなく全部殺人のアリバイのためじゃないのか？

喉が乾き切っている。

ようやく吐き出した声は掠《かす》れていた。

「誰も匿っていませんよ」

刑事の目が僅かに見開いた。感嘆にも似た声を漏らして、頑なだな、と小馬鹿にしてきた。

立井は背筋を伸ばした。

「家宅捜索？　いいですよ。ネタになります。根拠のない想像で実行すればいい。何も出なかった場合はノンフィクションとして出版させていただきますね」

「面倒くさいやつだな」

刑事は自身の顎を親指で掻いた。

「お前が殺人に関与していなければ、大した罪にはならない。だが、逃亡を幇助すれば話は変わってくる。自覚しているのか？」

「さぁ？」

「意固地になるな。なぁ、よく考えてみろ」

刑事が言葉を吐き出す度に、声の音量が上がった。

「犯人はいずれ逮捕される。その時、そばで支える人間が必要だ。お前まで逮捕されてどうする？　あるいは、逃亡中の犯人の生活はどうだ？　逃亡資金はあるか？　資金が尽きた犯人は次の犯罪に手を染めるだろう。その度に罪は重くなる。あるいは、また誰かを殺すために潜伏しているのかもな。なぁ、高木。お前の行為はそいつのためになるのか？　罪を償わせるのも愛情じゃないのか？　なぁ、お前の心に響いてるか？　それとも、臭いセリフだって鼻で笑ってるんか？　どうなんだ？」

矢継ぎ早に言葉を並べ立て、刑事は拳で机を叩いた。

感情に訴えかけるような言葉に立井は足に力を入れてじっと堪えていた。刑事の言葉は、真実の一部分を的確に捉えていた。全てを打ち明けたい衝動にかられる。が、我慢する。

すると刑事は手法を変えて、被害者の栄田重道の説明を始めた。同情を誘うような言葉だった。栄田重道には黒い過去もあるが更生して、飲食店で働いていたらしい。生涯独り身だが故郷には両親もいる。少ない給料から仕送りをずっと送り続けてきた。腰の折れ曲がった老夫婦は栄田重道の死を聞いて泣き出したらしい。警察からの犯人逮捕の連絡を今か今かと待ち望んでいる。

まるで栄田が哀れな被害者かのような物言いに、立井の身体が熱くなってきた。血が上っていくのが自分でも分かる。

「なぁ、高木。お前はどう思う？」刑事は言葉を続ける。「栄田重道の両親に対して、どんな感情を抱いてるんだ？」

「そんなの」反射的に言葉が出た。「『ざまぁみろ』以外の言葉はないですよ」

「は？」

刑事は言葉を失ったように息を呑んだ。

「お前は栄田重道と知り合いなのか？」

失言だった。

慌てて口元を押さえるが、手遅れだった。立井は一度警察に対し『栄田重道なんて男は知らない』と告げている。今の発言は栄田重道との繋がりを示唆するものだ。

刑事は呆然と立井を見つめている。奥にいる若手刑事も書類から顔を離して、振り返った。

――しまった。

これで彼らは更に一歩真実に近づくだろう。殺人に関与している容疑が深まる。

「……的外れ過ぎて、笑えてきますよ。名前をネットで検索したら、栄田の恐喝事件が出てきたので、覚えていただけです」

一度放った言葉を取り消す訳にもいかなかった。

立井はヤケクソに近い笑みを見せる。

「証拠が見つからないから、自白に頼るんでしょう？　迷惑ですよ、それ。冤罪ってそういう思い込みから生まれるんじゃないですか？」

言葉は空虚に響く。

刑事の声は先ほどの威勢が嘘のように淡々としていた。

「……高木健介。俺から伝えるべきことは伝えた。明日、もう一度ここに来い」

これ以上話はない。そう主張するが、受け入れられなかった。

刑事は立井の肩に手を載せてきた。ずしりと重たかった。

「しっかり悩んだ後で、答えを聞かせてくれ」

その後は供述調書が出来上がるのを待ち、サインをして解放された。一回目の事情聴取とは違って、同じ質問を繰り返し答えさせる真似はしなかった。

立井は気の抜けた返事をして警察署から出た。

背後から哀れみの視線を感じたが、一度も振り返らなかった。

取り調べの度にボロを出しているな——。

自虐しつつ、自宅に戻る。濃密な事情聴取だったが一時間も経っていなかった。警察署から出て、風を浴びると身体が寒くなった。自分が流した汗の量に初めて気がつく。自動販売機でスポーツドリンクを購入して、一気に飲み干した。

次の事情聴取は耐えられないだろうな、と静かに判断した。

担当刑事の主義なのか、何時間も拘束して、自白を強要してこない。ただ鋭い刃物のような言葉で、立井を切り裂き、癒えない傷を負わせてから解放する。生殺しだ。これなら何時間もねちねちと問われていた方がマシかもしれない。

『あの反応、どうやら栄田を恨んでいるな。被害者の家族か』『犯人は高木のために栄田を殺したんですかね？』『あぁ。間違いなく高木は誰かを匿っている。証拠を固めたら、家宅捜索に踏みきるぞ』『はい』『まぁ、あの調子じゃ、そろそろ自白すると思うがな。次は親身な態度で接してやれば、ころっと落ちるさ』

刑事同士がそんな会話を交わす光景が目に浮かぶ。

彼らは、高木と立井の入れ替わりには気がついていない。しかし、二人の関係性を着実に暴きつつあった。

さらに、あの可能性が立井の心を大きく乱した。

『また誰かを殺すために潜伏しているのかもな』

立井と同じ予感を刑事もまた抱いている。

父親を焼死させ、吉田の母親を転落死させ、栄田重道を溺死させた高木健介が殺人を繰り返そうとしている——あり得そうだ。

だが、どう止めればいい？　自分は高木の行方を辿れないのに。

詰んでいる——。

高木健介や吉田真衣と交流のある人物は全て当たった。暮らしていた部屋には手掛かりがない。

警察は少しずつ真実に近づいている。

絶望的な気分だった。いよいよ分身生活も終わりを迎える。

帰宅するとダイニングテーブルに腰をかけた。

目を閉じると、これまでの高木との生活がありありと浮かんできた。

立井がバイトから戻ってくると、高木の部屋から打鍵音が聞こえてくる。しばらくリビングで本を読んでいると、高木が顔を出して、本の内容を尋ねてくる。たまには外へ飲みに行こうぜ、なんて声をかけると、苦笑まじりに誤魔化される。酒を飲む人が苦手なんだ、と意味深な発言をして、詳しい事情を話さない。今の立井にはそれが父親が酒浸りだったからだろうと察せられるが、過去の立井はそれ以上深入りせず読書を続ける。すると高木から、原稿を読んで欲しい、と打診されて、結局朝方まで小説の描写を話し合う――。

そんな日々の光景が浮かんでは過ぎ去った。

どうしてだよ、と立井は呟いた。

悪くなかったじゃないか、この二年間。お前が何を考えていたのかは分からねぇけど、嫌な事ばかりじゃなかっただろう。

なんでだよ、高木。どうしてお前は――。

疑問を繰り返しながらも、頭にあったのは栄田重道に壊された自分の家族だった。

・・・

当時高校生だった立井は、人間の願望を漠然と考えることがあった。

自分には、正しく生きたい願望がある。

人としての正しさ、高校生としての正しさ、クラスメイトとしての正しさ――数えきれない尺度の中で、認められる存在でありたい。その正しさは時に窮屈で、他者に強要すれば時代錯誤だと白眼視されてしまうとしても。

力があり頼れる男、恋愛や部活を両立させる高校生、悩める級友を親身に支えるクラスメイト――「かくあれ」と命令されれば反発するだろう。しかし「かくありたい」という願望から逃げられない時もある。思春期全開の中学時代は破天荒な生き方をしたいと意気込んでいたが、それもまた、正しい破天荒像を夢想しているに過ぎないだろう。

恥とは思わない。

程度の差はあれどみんな似たような願望は持っているはずだ。

少なくとも立井の家族は全員そうだった。

父親は家族のために労働に勤しみ、母親は家を管理した。男も家事をすべき時流になると、父もまた不慣れながら洗濯を手伝い始めた。立井もまた勉強に励み、時に、家業の仕出し屋を手伝った。日々口に出さないが、各々それなりに家族を愛していたはずだ。正しい家族を全員で作りあげた。

命令されたわけでもない。苦痛に思わない。居心地がよかった。

しかし、栄田重道のせいで家族の形は変わり始める。執拗《しつよう》な恫喝《どうかつ》を受けて、父が長らく続いた仕出し屋を閉めた時、家族の正しさは崩れ始めた。

父の仕事はすぐに決まらなかった。

彼がどのような職を求めたかは立井自身にも分からない。しかし毎晩背中を縮めて酒を飲む父は精一杯求職活動をしていたようだ。自営でしか働いたことのない五十代の人間がどのような目で見られるのか、高校生の立井には想像できなかった。

父と母は立井に心配をかけないよう明るく振る舞う。しかし、その裏で時折銀行通帳を見つめては青ざめる姿を立井は知っていた。

言わなければならなかった。

それが彼らの理想の息子像から外れることだとしても。

ある晩、苛立ちの表情でテレビを見る父に、立井が声をかけた。

「オレ、大学には行かない。勉強したくねぇもん」

それは嘘だった。専攻する学問こそ決まっていないが、大学で一つの分野を極めて、自身に誇りを持ちたいとは願っていた。

父は快活に笑った。

「心配すんな。金なんか気にせず、勉強してろ」

そう力強く宣言した。

結局甘えてしまった。両親を信じて期待に応えるべく勉学に励む——正しい息子像を演じた。その行動が、父にも同じ正しさを押し付けることになるとも悟らずに。

父が新しく始めたビジネスは、立井がふと彼の部屋に入った時、明らかになった。

『誰でも始められる楽々ネット投資講座』

そう銘打った資料が机に置かれていたのだ。

父は講座の参加者ではなかった――彼は講師だった。

資料を読み解けば、立井でもそれがどういう仕事なのか理解できた。

父は東大経済学部卒を騙《かた》り、主婦層をターゲットに投資セミナーを開いている。無料指導という名目で、カモにギャンブル同等の投資をさせる。投資が成功すればセミナー料を徴収し、失敗すれば教材を買わせる。

高校生でも分かる下種《げす》な商売だった。詐欺同然のビジネスだ。

頭では分かっていた。

彼は正しい父であろうとした。家族を支える大黒柱としての使命を全うした。

――見なかったことにすれば、家族は保たれる。

自分は理想の息子を演じて、父も母も各々の役割を全うできる。目を瞑《つぶ》り、父の部屋から出ていくだけでいい。

しかし、立井の脳裏に恐喝男の存在があった。

弱者から金を毟《むし》り取《と》る下劣な声。

だから立井は——帰宅した父を侮蔑の言葉と共に殴り飛ばした。

家族を壊したのは立井潤貴自身だった。

激しい喧嘩の末、父は失踪を選んだ。最後まで彼は、家族のために仕方ない、という主張を曲げなかった。立井はその人間性を否定する言葉をぶつけた。

母からはよく詰《なじ》られた。他に言い方はなかったの、と。

あったかもしれない、と認める。しかし、出来なかったのだ。

立井の貧弱な語彙と未熟な精神では、父を怒鳴り散らす選択肢しかなかった。父にも父の理由があるとは分かっていた。なのについて出る言葉を止められなかった。

後悔を募らせ続ける。

高木と出会った今なら伝えられる気がするのに。

立派な父親じゃなくていい。

世間とはズレた家族でもいい、と。

今ならば、もっと上手に言葉を操れる——。

・・・

元凶である栄田重道への憎悪が消えることはなかった。

恐喝容疑で逮捕された当時、この男は市役所の嘱託職員だったという。調べたところ、嘱託職員の給料は最低賃金とほとんど変わらない。

決して裕福な暮らしではなかったようだが、恐喝をしていい理由にはならない。

彼の死を喜ぶ黒い感情を抱いている。

しかし心の大半を占めるのは、それ以上の憤りだった。

栄田重道は憎い。だが——それでも高木健介に殺して欲しいとは思わない。

仮に自身に選択肢を委ねてくれるのなら、自分は分身生活の継続を提案していただろう。

それが今の立井にとって復讐《ふくしゅう》よりも優先したいことだった。

説得していた。この生活を続けようぜ、と明るく励まして。

彼の分身であり続けたかった。

なのに、どうして——。

無限に疑問を繰り返していると、空腹を覚えた。思えば、朝からちっとも食事を摂っていない。冷蔵庫を開けてみると、中には野菜ジュースと冷凍食品が詰まっている。全て高木が購入したものだった。

心中で高木に詫《わ》びて、冷凍パスタを手に取る。包まれたビニールを剝がすと、中に説明書を見つけた。スーパーで買えない取り寄せ品で、作り方に一手間、二手間あるようだ。読んでみると冒頭に販売先からのお礼が記されていた。ネットでの注文に対する律儀な感謝だった。

ネット——その単語が気に掛かった。

峰の言葉を思い出した。

『高木を追う手掛かりを一番持っているのは、お前じゃないのか？』

声をあげた。

なぜ今までこんな単純な発想に至らなかったのか。

立井は自身の愚かさを悔いた。

パスタをまた冷凍庫に投げ入れて、高木の部屋に向かった。

高木健介は、ネットに依存した生活を送る人間だった。

本は電子書籍しか購入せず、飲食物もすべてネットで注文する。

荷物の届け先は果たして、このマンションだけなのか——。

立井は、高木のパソコンから彼がよく利用する通販サイトにアクセスした。幸い、アカウントはログイン状態で、パスワードを入力せずに済んだ。高木がサイトに登録してある住所を調べる。

そこには、高木が借りている二つ目の部屋があった。

立井が暮らす新宿からそう離れていなかった。

新宿駅と新大久保駅《しんおおくぼえき》の間にある二階建ての小さなアパート。お世辞にも綺麗とは言えない。繁華街が近くにあるせいか、空気が濁っている。どんな貧乏学生でも進んで住みたくはないだろう。

立井は乗ってきた自転車をアパートの前に停めると、まず部屋を確かめた。

時刻は既に夕方だった。外階段から二階に上ると、前の建物が夕日の光を遮って部屋の前はより一層暗かった。

目的は、二階の一番奥の部屋。チャイムを押してみるが返事はなかった。耳を澄ましてみても物音はしない。

途中、背後に人の気配がして振り返る。しかし誰もいなかった。

気のせいか。緊張のせいで感覚が過敏になっている。

建物の入り口に戻ると、ゴミ捨てに関する掲示を見つけた。右下には管理会社の電話番号がある。高木健介の名前を名乗って電話をすると、歩いて五分ほどの会社まで取りに来るよう言われた。教えられたオフィスビルの一室で、高木健介の身分証を見せると合鍵を渡してくれた。

部屋の前に戻る頃には、鼓動はこれ以上ないくらいに高鳴っていた。

もしかしたら高木健介が潜伏しているのかもしれない。あるいは吉田真衣が暮らしているのかもしれない。

手から染み出る汗をズボンで拭ってからカギを開けた。

扉を押す。

熟成したような臭いがまず鼻腔《びこう》を刺激した。布とカビが混じったような香り。玄関にはチラシや封筒が散乱していた。扉に備え付けられた郵便受けから溢れたらしい。

どうやらこの部屋には現在、誰も住んでいないようだ。

封がされていない封筒を見つける。手に取ってみると、郵便局の消印がない。直接届けられた物のようだ。取り出した。半紙には『金を返せ』という荒々しい文字が書き殴られていた。金融会社が発行した物とは思えない。立井はその文字をどこかで見た気がしたが具体的には思い出せなかった。

奥に進むと六畳ほどの和室があって、段ボールが二つ積まれていた。窓を開けてから部屋を調べていく。家具は、脚を折り畳める低いテーブルと1ドアの小型冷蔵庫。冷蔵庫の中身はなかった。コンセントは挿さっていない。

次に押入れを開くと、布団が収納してあった。布団の数は二組。

和室の端には、小さなキッチンスペースがある。『台所』と表現するよりは『コンロと流し台が並ぶ箇所』という言葉がしっくりくる。その足元にある収納スペースを漁る。箸が二膳、フォークが二本、茶碗《ちゃわん》が二つ。

間違いない。ここに高木健介と吉田真衣が暮らしていたのだ――。

施設を飛び出した吉田真衣を迎えて、このみすぼらしい部屋で同棲を始めた。その後で、収入に余裕が生まれると、新たなマンションに移った。

どうやら高木は物置としてこの部屋を借り続けているらしい。

この二つの段ボールを隠すためか――。

段ボールはおよそ一メートル四方の直方体。大き目ではあるが、立井たちと暮らしていた部屋に収まらないサイズではない。わざわざ部屋を借りて保管するとすれば、立井に見つからないようにするためだろう。

露骨な隠され方に傷つくが、今更どうこう文句を言う状況ではない。

立井は段ボールの蓋を開けた。

一つ目の箱にあったのは、洋服だった。広げてみると真っ白なカーディガンがまず出てきた。次々と女物の洋服が出てくる。おそらく吉田真衣の洋服だろう。

二つ目の箱には、雑多な物が入れられていた。立井はまず箱の隅に入っていたノートを手に取った。広げてみると少女らしい丸い文字が書き込まれている。吉田真衣の字だろうか。小学生用の参考書があった。おそらく高木は、家出した吉田真衣に勉強をさせていたのだろう。

他の本も同様だろうか、と更に手を伸ばすと、ホッチキスで留められた書類が出てきた。

その紙束の表紙には、『ラクラク月五万円の副収入！　誰でも少額投資』と題があった。

立井の口内が急速に乾いていった。

「これ……」

それは立井がかつて見た父親の投資セミナーだった。

仕出し屋を閉めて、胡散臭いビジネスを始めた父親の部屋で見つけたものだった。

どうしてこのテキストが、吉田真衣の私物と一緒になっているのか。

吉田真衣、あるいは、高木健介は、親父の投資セミナーに参加したのか？

立井は段ボールを逆さにして、中身をぶちまけた。他に手掛かりがないか、捜していく。しかし後は、吉田真衣が使っていたであろう筆記用具やアクセサリーがほとんどだ。有力な物は見つからなかった。

これ以上の情報は望めそうにないか、そう諦めかけた時だった。

本の隙間から鈍く光るものがはみ出していた。

USBメモリ。

この中身に何もなければ本当にお終《しま》いだ、とポケットに入れる。

立井は段ボールの中身を元に戻す手間さえ惜しく、部屋を飛び出した。

自転車を飛ばして自室まで戻り、パソコンでUSBメモリを開いた。中にはファイルが四つあった。

三つの動画ファイル、そして、一つのテキストファイル。

テキストファイルのタイトルは――「『杭』原案」。

見覚えのない文章だった。高木が立井に読ませるのは原稿だけだ。アイデア段階の文書は初めて見る。

それに加えて映像データ、か。

何が映されているのだろう——。

テキストを後回しにして動画を見ていく。

ヘッドホンを装着して、一つ目のデータを再生した。

鮮明な映像ではなかった。スマートフォンで撮影されたらしく、絶えず映像が揺れ動いている。薄暗い。場所は屋内だ。畳の部屋で、ゴミが散乱している。撮影者は汚い部屋を歩き、不満を呟いている。

カメラは数分ほど散らかった部屋を映すばかりだったが、画面端に何かを捉える。

撮影者は床よりも一段高い場所にカメラを置き、対象に向けて固定した。

画面の中央には少女がいた。虚《うつ》ろな瞳でカメラを見ている。着ているのは花柄のパジャマ。幼くて、小学校中学年にも満たない女の子だ。

嫌な予感がした。

撮影者はカメラの角度に満足がいったのか、カメラから手を離した。画面の中によようやく撮影者の姿が現れる。男だ。上にはTシャツを着ているが、下半身は何も纏わず、性器を露出させていた。

これ以上は見られない――。

立井は動画を停止させた。吐き気がこみ上げる。深呼吸して気持ちを落ち着かせる。覚悟を決めると、早送りをして飛ばし飛ばしで映像を確かめた。立井は全てを正視できなかった。音量を無くしても立井は途中、何度も胃の中の物を吐き出しそうになった。

映像は三つとも同じだった。

成人男性が、一人の少女と性行為に及んでいる。そんな映像が三十分弱。

具体的な行為は――全て記憶から消したかった。

心の奥底から嫌悪の感情が噴き出る。

喚《わめ》き散らしたくなる激情に駆られ、机を拳で叩いた。

しかし、その映像は立井に重大な情報をもたらした。

「栄田重道と吉田真衣だ……」

映像内にいたのは、間違いなく栄田重道だった。

少女は吉田真衣で間違いないだろう。伊佐木に見せられた写真より幼く見える。彼女が児童養護施設に引き取られる前の映像のようだ。

栄田重道と吉田真衣には繋がりがあった。

おかしい。当時、彼女は部屋から出られない生活だったはずだ。栄田は吉田真衣の母親の恋人だったのだろうか。

滅入ってくる気分を堪えて、立井は早送りで映像を流した。行為を見る気にはなれず、途中で、彼らが情報を口に出さないかのみを注意して追った。

終始、吉田真衣は無言だった。壊れた人形のように布団に横たわっている。ただ栄田重道がひとしきり満足して脱力した後、口元が微かに動いた。

立井は彼女の口元が動く部分まで巻き戻し、音量をあげた。

『おかね……』

初めて聞く吉田真衣の声だった。

心を強く揺さぶられる。

その弱々しい呟きを聞いて、立井の瞳から涙が溢れ出してきた。

ずっと威勢よく喚いていた栄田が突然慌てだした。どうやら彼は、吉田真衣に支払うべき金を滞納しているようだ。しきりに彼女に頼み込んでいる。払う当てはある、お母さんに職場に電話をしないでと伝えてくれ。栄田はよほど取り立てに憔悴《しょうすい》しているらしい。吉田真衣に何度も伝言を託して、ご飯でも食べに行こうか、と機嫌を取り始める。

吉田真衣の母親は、娘に売春をさせていた——栄田重道は、客だった——。

USBに収められていた映像は、その紛れもない証拠だった。

高木はそれを知って、彼女の母親を殺したのだろうか。それから五年近い月日が流れた今、釈放された栄田重道を葬ったのだろうか。

だが、疑問が完全に氷解することはなかった。

なぜ高木健介はここまで吉田真衣に執着するのか。

確かに彼らの行動は醜悪だ。彼らは吉田真衣を虐げた。彼女の母親は、娘を知的障碍者として偽り学校に通わせてもいない。

しかし——なぜ高木が大罪を犯さなければならないのか。

映像では、服を着終わった栄田が最後、思い出したかのようにカメラに手をかけた。画面が大きく揺れて、部屋の全体が映された。栄田重道の醜い顔がアップになって映像は終わる。

一瞬、見覚えがある物が映った。映像を巻き戻す。

カメラが部屋を映している間に、窓が見えた。そこで映像を止めると、二人がいる部屋からの景色が見えた。正面には、赤い三角の特徴的な屋根があった。

どこかで見た。立井はゆっくり記憶を探る。この数日の間に、立井はその赤い屋根を目撃していた。

――高木健介が幼少期、暮らした家の前。

その記憶に思い至った時、血の気が一気に引いた。

なぜ高木健介がかつて住んでいた家で、吉田真衣は売春をしていたのか。

結論に感情が追いついてくれない。理性を奮い立たせ身体を動かし、立井はスマホを取り出して電話をかける。繋がらない。職場の電話にかける。非常識かと感じたが、すぐにでも確認したい事項だった。

取次の後で、相手は電話に出てくれた。

「峰さん……」と立井の口から声が漏れた。

電話先では、峰が不満を述べていた。多忙のようなので要件のみを伝える。

「高木の旧姓を教えてください」

立井は続けて強調した。

「峰さんと知り合った後、彼は高木哲也に引き取られた……峰さんと会った時は、違う名字だったはずです」

峰はすぐに思い出せなかった。なんだったかなぁ、と唸りだす。

じれったくなって立井から切り出した。

「――吉田、じゃないですよね？」

否定してほしい、と心が願った。

機嫌悪そうに、何言ってんだ、と叱ってほしかった。

峰の返事は軽快だった。

「あぁ、そうだな。俺と会った時、アイツの名は吉田健介だったよ」

それは全ての謎を繋げる答えだ。

実父を殺した一度目の殺人、吉田真衣の母親を殺した二度目の殺人、栄田重道を殺した三度目の殺人、そして――高木健介がこれから及ぶであろう四度目の殺人も全て一つの答えに収束していく。

妹だ――高木健介はたった一人の妹のために殺人鬼となったのだ。

立井はとめどなく流れ出す涙を拭いた。最後に残されたテキストファイルを読み終えると、泣きながら駆け出していた。

高木がいるであろう場所に向かって、懸命に。

「『杭』原案」には、高木健介の痛みとともに――最後のターゲットが綴られていた。

「杭」原案

拙い字がノートに並んでいた。

彼女は難しい顔で書き取りに励む。僕が書いた漢字を書き写す。彼女の日課。最近見たものはなに、と僕は尋ねると、彼女は考え込んだ。蛇口、と答える。今、目にしたものをそのまま口にしたようだ。

『水道』『流れる』——僕はそう白紙に書いた。

彼女もまた同じようにボールペンを動かす。『流』の字に何度も苦戦した。へんとつくりのバランスが悪い。掛け違えたボタンのように不格好だ。

六畳一間のアパートに彼女の唸り声が鳴る。

穏やかな時間が流れる。

射《さ》し込む西日がオレンジ色に部屋を染め、彼女の瞳を鮮やかに煌《きら》めかせた。僕と彼女の小さな王国が夜を迎えようとしていた。暗くなれば、僕は出かけなくてはならない。

そろそろ休みたい、と彼女はテーブルに身体を突っ伏した。

僕は頷いた。彼女の頭を撫でて励ます。最後のもう一つを書けたらね、と。どんな漢字がいいだろう。今の彼女に相応しい美しい単語がいい。

彼女は悩む僕を待つことなく、既に書き始める。

そして、誇らしげにノートを見せてきた。二つも書いたとアピールする。

『吉田健介』そして『吉田真衣』

その不格好な字を眺めるうちに、僕は昔を思い出した。

・・・

彼女は覚えていないだろう。僕たちには名前のない時期があった。

当時の僕に意志らしい意志はない。

狭い部屋に籠っていた。餌を与えられれば食べて、排泄《はいせつ》して、飢えを感じ、眠る。条件反射で生きる。まるで檻《おり》に暮らすネズミのように。

知っている世界は僅かだ。

食パンの袋を留める水色のクリップ、カビの生えた下着、くしゃくしゃになった宅配ピザのチラシ、嚙み潰したペットボトルのキャップ、油まみれのコンビニのプラスチックトレイ、引き裂かれた紙パック、折り畳んだ新聞紙で作られた芸術品未満の何か。

物心がつく頃には、ゴミだらけの風景に僕はいた。空腹を紛らわすことが唯一の仕事。母が拾って来る新聞紙を千切って気を逸らす。いつの間にか、それが習慣になっていた。僅かな間だけ飢えを忘れる。母は僕が新聞紙で遊ぶのが好きだと勘違いしていたらしい。実際は、新聞紙を飲み込みたい衝動を堪えているなんて想像もしなかっただろう。

母は時折、インスタント麺を与えてくれた。袋の上から割り砕いてその破片を口に入れる。粉末スープを指につけて舐める。他に食べ方があることを知らない。たまのご馳走《ちそう》は粉ミルク。大事に食べた。水で練って団子のようにして舐めると甘い味がする。

その至福も一瞬で消える。

絶えず空腹は襲い掛かる。母はなかなか部屋に戻らない。二日に一度、あるいは三日に一度、帰宅すると、少しの食べ物と古新聞を置いて消える。僕は気まぐれに置かれる食パンやインスタント麺を上手に分けて、母の次の帰宅まで耐える。焦がれるような空腹と共に。

食べ物が消えた日は、ペットボトルの蓋を嚙み続ける。

夕方になると、窓の外から笑い声が聞こえた。大きなランドセルを背負って笑い合う僕と似た背丈の子供たち。

きっと彼らは特別な存在なんだろう――。

羨むことも知らず、僕は空っぽの腹を指でつねる。


母は時々僕に「片づけ」を命じた。

僕の身体が成長するにつれ、怒鳴りつけるようになった。ゴミ塗《まみ》れの惨状を僕のせいにして何度も頭を叩いた。一日中部屋にいるくせに怠け者だと。

僕は謝る。なまけものでごめんなさい。布団に載ったティッシュや紙袋を横に払う。すると、僕はまた頭を叩かれる。また謝り、もう一度過ちを繰り返す。

母は気がつかない。

綺麗な部屋を知らない人間は、整理することも出来ないと。

僕の視界は常に汚いもので溢れていた。

腐臭に塗れる部屋から出たこともなかったから。

片づけを命じた日、母は男を連れ込む。

真夜中に嫌な臭いの男と帰宅する。僕は決まって毛布の中で眠ったフリをする。押入れに身体が入らなくなってからの習慣。何が起きても僕は瞼《まぶた》を開けない。微動だにしない。死んでいるように振る舞う。

彼らが隣で何をしようが反応しない。ただの壁になる。興味を持つことも許されない。

母も男も僕を気にする様子はなかった。

やっぱり想像できない。

僕が空腹を紛らわすために昼間に寝ていることを。

夜は襲いかかる飢餓感で眠れなくなることを。

毛布の端を齧って夜明けを待つ。

耳を塞げば何も聞こえない、と自分に言い聞かせ。

二人の声が止《や》むと、母は優しく僕を撫でる。「少しの辛抱だから」と囁いて。

その手の温《ぬく》もりだけは心地よかった。

この苦しみが終わらないことは察していた。

母は——ある男から逃げていた。

テレビに映る世界を見ていた時。母は太ももの痣《あざ》を擦って哀し気な顔をして、「おっと」という存在から逃げていると教えてくれた。

母は僕の頭に触れて祈る。

明日は今日より不幸になりませんように。

何度も口にする。まるで乞うだけで叶えられるかのように。


夜中に目を覚ますと、母が倒れていた。

対面するのは四日ぶり。彼女のカバンから菓子パンを見つけて齧りつく。他に何も考えられない。立て続けに飲み込む。空腹が紛れ、ようやく冷静さを取り戻し母を観察した。

部屋の電気は点《つ》いたままだった。母は布団に横たわっている。化粧は乱れていた。

特に目の周りのマスカラが溶けて酷《ひど》い有様《ありさま》だった。

幸福が訪れないと想像できた。

彼女は腹を押さえて蹲《うずくま》っている。

ふと気になって僕が触れる。そこは燃え上がるような熱を帯びていた。


妹が産み落とされた。ユニットバスの浴槽に。

母に命じられた仕事をこなす。人肌程度のお湯を作り、僕は妹を洗う。彼女に優しく触れると強い力で押しのけてくるから、力加減が摑めなかった。

彼女はとにかく大声で喚く。その小さな身体からは考えられない声量で。

僕は、静かにして、とお願いした。

物音を立ててはいけない。母が定めたルールだ。破るとハンカチを口に詰め込まれる。気持ち悪くて吐きそうになるが、声を発せられなくなる。

だけど彼女は泣き続ける。とっさにハンカチを探し始める。オレンジ色の布に手を伸ばす。小さな彼女を見た。

窒息してしまうだろうか。やりすぎか——その後で思い直す。

いや、それもまた良いかもしれない──。

僕は顔を上げた。ゴミの隙間から腐った畳が覗く部屋を見わたした。

この世界で、小さな彼女が幸せになれるとは思えなかった。

きっと名前をもらえない。

名前のない動物の運命は定まっている。病院に行けない。学校にも通えない。部屋から一歩も出ず、空腹と戦い腐りきった部屋で生き続ける。他人に見つかった時は、しんせき、と名乗る。窓から子供たちを眺める。

僕は知っていた。

母にとっても、僕にとっても、彼女にとっても、良い未来は訪れない。全員が不幸を享受するだけだ。

僕は手に持ったハンカチを彼女の口元に近づける。目を離したら妹が勝手に飲み込んでいたと母には言い訳しよう。

口を塞ごうとした時だった。

彼女が、その小さな口で僕の指をくわえた。

その熱と、歯の無い口内から伝わる鼓動が、僕の身体の芯を揺さぶった。

この時の感動は言葉で言い表せない。

――小さく、儚《はかな》く、美しい魂がある。

強く悟った。
狼狽した。彼女の澄んだ瞳を見て息が漏れた。
見惚《みと》れた。その清らかな眼差《まなざ》しに。
放心したように、彼女を見続けるしかできなかった。
暗闇にふと火が灯るように。
枯れ木の山にぱっと花が咲くように。
鼠色《ねずみいろ》の雲間にすっと青空が顔を出すように。
ゴミしか存在しない世界に美しい魂があることを、初めて知った。
守らなくてはならない。そう強い衝動に駆られた。
彼女には名前が必要だ。
この清らかな魂を汚してはならない。

一か月後、僕たちは名前を手に入れる。
名前――それが戸籍と呼ばれるものだと当時の僕は知らなかった。

・・・

「どうしたの？」

彼女が声をかけてくる。

僕が長らく黙り続けたせいだ。心配をかけたらしい。ノートに書かれた名前に触れて、回想に耽《ふけ》っていた。

「なんでもないよ」

疲れているのだろう。久しぶりの休みも彼女の勉強に付き合った。

次はしっかり熟睡しないと。

彼女は大きく伸びをする。書き取りがよっぽど応えたらしい。文句を呟いて夕食の支度を始めた。今日は彼女が準備する番だったな、と思い出して、その背中をまじまじと見つめた。

十二歳になる妹がそこにいる。

僕たちがいるのは二階建てのアパート。

部屋は二階。和室六畳一間のワンルーム。ユニットバス。押入れあり。給湯器あり。洗濯機置き場はなし。コンロはあるが、なぜか換気口が塞がっている。匂いが籠る。料理中に換気扇を回すと煙が部屋中に広がった。

駅まで徒歩十五分。線路まで徒歩五秒。電車が通ると、窓がかちかちと音を立て、その振動で水道が止まる。

それでも、かつて僕たちが暮らしていたあの世界とは違っていた。部屋は片付けられている。そして、なにより妹の表情は穏やかだ。

僕たちの小さな王国。

あのゴミ溜めのような部屋から抜け出した。施設から家出した彼女と共にこの王国を作り上げた。もうあの頃の暮らしとは違う。

そのはずだ。

頭では分かっているのに。

「本当にどうしたの？　ぼーっとして」

彼女が振り返った。鶏肉《とりにく》のパックを右手に持ち、左手に白菜を持って。

「いや」言《い》い淀《よど》んだ。「不安になるんだ。僕たちは本当にあの部屋を抜け出せたのかな。まだ囚われているように思えてならなくて」

彼女はぱちぱちと瞬《まばた》きをして、また訳の分からないこと言ってると笑い飛ばし、楽し気に鼻歌を歌いながら料理を再開した。

僕は野菜を刻む彼女を眺め続けた。

夜になるとバイトに出かける。

新宿駅東口にある小さな居酒屋。ビール一杯２５０円。

雇用契約書さえ交わさない違法な働き口。

横暴な店長にはよく殴られた。仲間がミスをすれば連帯責任で殴られる。肩を殴り、太ももを蹴る。熱したフライパンを顔に近づけ脅迫めいた言葉を投げかけられるのが常だった。

逆らえない理由はただ一つ――店長が、アパートの保証人だからだ。

未成年者は、大人の協力なくして部屋を借りられない。

どれだけ過酷な労働を強いられても、こなすしかない。最低賃金にはるか満たない給料だとしても。

逆らえば、二人の王国が壊れてしまう。

毎日身体が擦り切れるほど働いて、朝日が昇る頃に帰宅する。朦朧《もうろう》とする意識のまで彼女の横に倒れ込む。死んだように蹲る。

疲れ切った身体が膨大な休憩を要求していた。それを理性で拒否して起床時間を脳に刻み込む。少しくらい寿命が縮まってもいい。

どれだけ過酷だとしても僕に休む時間はなかった。

僕は小説を書くようになっていた。


どれだけ言葉で取り繕っても、僕の行為は「誘拐」に他ならなかった。警察や児童相談所に見つかれば、僕と彼女は離れ離れになるだろう。

致命的に世間ズレした彼女が、元の社会で生きていけるとは思えなかった。

この生活は首の皮一枚で維持されていた。

二人での生活を始めて三か月たったある日。

彼女が体調を崩した。

僕は病院に連れていけなかった。

保険証も持たず、保護者もなく病院に訪れる少女を、周囲はどう判断するだろう。

僕は、苦しそうに咳《せ》き込《こ》む彼女のそばに寄り添い続けた。

他には何もできなかった。最低の兄だった。

僕たちは警察にも病院にも頼れない。

まさに独立した王国だった。


表面上では明るく振る舞う彼女も、生活の危うさを察していたようだ。僕のスマホで、彼女がこっそり検索した怪しげなサイトを見つけたことがある。どれも金を稼ぐための情報サイトやセミナーに関するもの。

焦りを抱かないはずがないのだ。こんなギリギリの生活。

だから僕は小説を書き続けた。

どれだけ眠くても正午前に起床する。二人分の昼食を作ってスマホのテキストツールを開く。無料のフリーソフトに文字を入力する。三時間かけ、その日書いた小説を読み直す。原稿をネットにアップロードする。

彼女との生活の中でも、あのゴミ部屋にいる錯覚を抱く夜がある。心が囚われている。身体に染み付いた臭いのように逃れられない呪縛。

だから彼女と共に歩み進まなくてはならない。築き上げた王国の外へ。
・・・
彼女が四歳の頃、僕たちは離れ離れになった。

仕方のない悲劇だ。

父が亡くなった火災現場にいた僕を母は酷く不気味がった。存在しない子供のように扱った。僕は親戚に引き取られ『高木健介』という名を得た。彼女は、父の死亡を契機に『吉田』を名乗っていた。

再会を果たしたのは、六年後。

僕が十七歳、彼女が十歳の時だった。

片時も忘れなかった。けれど、僕は彼女に近づかなかった。僕の存在は母に迷惑をかける。母は僕を嫌悪したし、精神的にも不安定だった。僕を預けた当時は、仕事も続けられなかった。

それでも会いに行ってしまった。年齢を偽り宿泊施設で働いていた時、同僚が妹の自慢話をした。郷愁の情を抑えきれなかった。名乗るつもりはなかった。言葉を交わす気もない。母に見つからないよう、平日の昼間、遠くから彼女たちの住まいを見るだけでよかった。

しかし、その日――僕は窓辺に立つ彼女と目が合った。

光を見失ったような、虚ろな表情だった。

かつての自分と同じ瞳。

彼女が学校に通っていないことを僕は知る。

母の葬儀の日、彼女は涙を流した。

僕が下した決断は事前に伝えていた。後悔はなかった。他に手段はなかった。あるいは、そう言い聞かせていただけかもしれないが。

彼女は母の写真を抱きしめて声をあげて泣いた。

葬式には、母と同じ匂いをまとう人たちが訪れていた。皆一様に哀しみ、彼女に慰めの言葉をかけた。母にも友人がいるという事実に今更気がついた。

僕は葬式の会場から一歩引いた場所で佇《たたず》んでいた。

亡き母にそっと手を合わせた。

・・・

彼女と到り着いた王国で強く願う。

誰か僕たちを見つけてほしい。

救ってほしい。それが贅沢というのなら、憐《あわ》れんでほしい。憐憫《れんびん》に反発できる自尊心などとっくに捨ててしまったから。

祈るだけだった母と変わらない。自覚する。逃避するように小説を書く。店長に叩かれる。暴れる客を取り押さえようとして爪を立てられる。殴り返したい衝動を堪える。安月給を手渡される。眩暈《めまい》を感じ始める。彼女に心配される。金の心配をする彼女を宥《なだ》め、勉強をさせる。痩せて頰の肉が削《そ》げる。彼女の肩を抱きしめる。小説を書く。一行でも多く。電気ヒーターが壊れる。祈る。母とは違うと自分に言い聞かせる。それでも祈らずにはいられなかった。

スマホを握りしめる。無くては生きていけない。僕が着ている服は格安ブランドの量産品。安いが小綺麗だ。靴は履き古しているが、穴が開いている訳じゃない。髪は短く切り揃えている。

気づけるわけがない。僕たちの窮状に。

混ざり合い、溶け合い、見えないのだ。僕たちの存在なんて。

だけど、それでも見つけてほしい——僕たちを忘れないでほしい——。

心が折れかけた日は、祈って、そして、縋ってしまう。

誰か、どうか僕たちを救ってください——。


「映画を見ようよ」

彼女がチラシを持ってきた。近くの市民ホールで開催される一昔前の映画の無料上映会。僕は断った。余力なんてなかった。けれど彼女にせがまれて行った。会議室にパイプ椅子を並べた即席の会場で、僕たちはその映画を見た。

愉快な映画ではなかった。彼女が勧めるのだからコメディや恋愛だろうと見くびっていた。それは、貧しい家族の暮らしを切り取った映画だった。

気がつけば泣いていた。

「テレビでね、一度この映画を観《み》たことがあったんだ」

上映後、彼女が種明かしをするように語ってくれた。

彼女が小学校に通えなかった頃、時々テレビを観ることを許されたと。

「わたしの物語だって思えた。わたしと近い子供がいるんだ、って示してくれて、それを他の人にも知ってもらえることが、なんだか自分のことのように嬉しくて。一瞬ね、心が救われた気がした。誰かが見てくれているんだって」

彼女はじっと僕を見つめた。

「健介さんならそんな物語を書けるんじゃない？」

天啓だと感じた。これかもしれない。

僕は知っている。あのゴミだらけの部屋で過ごした地獄のような日々を。

自分自身を、そして、生まれたばかりの命に気づいてほしくて、嘆いた日を。

金儲《かねもう》けのためだけじゃない。憧れた。焦がれるほどに。

もし、そんな物語が、僕たちのように世界から忘れられた子供たちの心を救えたとしたら、どれほど素晴らしいだろう――。

僕たちの王国は限界を迎えていた。

扉の外から時折罵声が聞こえてきた。照明を消した部屋は真っ暗で心細い。彼女は僕の背中に縋りつくようにして息を潜めた。ごめんね、と僕に謝り続ける。大丈夫。僕は彼女に慰めの言葉をかける。

ある時を境に、僕らの生活は地獄に落ちた。

まるで幼い頃のあのアパートに戻ったように。

抜け出さなくてはいけない。

書かなくてはならない。どれだけ過酷であろうと関係がない。

彼女を外の世界へ連れ出す物語を生み出すんだ。

身を削り、泣きながら、僕は書いた。

右手の指先が寒さにかじかんでくると彼女に温めてもらって左手で書いた。

僕の隣で彼女は覗き込んで読んだ。漢字を調べながら、彼女は時折くしゃっと破顔してみせた。

空気も凍りつくような寒い冬の日、僕のデビューが決まった。

同時に――僕は大切な物を失うことになる。

王国は女王を失った。

彼女の魂を外に連れ出す前に消えてしまった。

僕はそのブルーシートを遠くから眺めていた。駅のホームにできた人だかりが、その惨状にスマホを向けた。鳴り止まないシャッター音は拍手のように聞こえた。ひとしきり撮影を終えると彼らは去る。日常に戻るのだろう。こんな悲劇なんて無かったように。全てを忘れて。

僕は家に戻ると三日三晩泣き続けた。

涙が枯れ果てて、ようやく動き出すことができた。

僕はノートをめくる。

最初のページには、僕と彼女の名前が並んでいた。彼女からもらった感動で手に入れた宝物。世界から忘れられた僕たちを人間に昇華させる記号。

「吉田健介」と「吉田真衣」

その文字をそっと指でなぞる。

忘れさせない。世界がキミを無視するのなら、僕がキミを世界に刻む。

思い出す。鮮明に。
僕が僕になった日を。
そして、僕が選んだ手段の全てを。

6章

立井は息を切らして走った。

破裂しそうなほど肺は苦しかった。しかし足を止めなかった。一分一秒でも遅れれば高木健介は取り返しのつかない場所に消えてしまう。焦燥が身体を動かしていた。

頭にあったのは、高木と刻んだ日々だった——。

・・・

あれは冬の日だったか。

「浮かない顔をしているね」

大学から帰宅した立井に、高木が声をかけてきた。何か察したらしく、散歩に誘ってきた。時刻は夜十一時を回っている。散歩というよりも深夜徘徊《はいかい》に近い時間だった。

「何があったの？」

どうせだから初詣でもしようと神社に向かう道中、高木が尋ねてきた。高木は黒いロングコートを羽織り、ポケットに両手を突っ込んでいる。

「大した話じゃねぇよ」白い息を吐いた。「大学の先輩が自己啓発セミナーに嵌った」

先輩は、オールラウンドインカレサークルに所属していた。立井はその存在を知らなかったが、暇を持て余した若者が集って、飲み会やスノボーに楽しむ集団。それだけだと健全に聞こえるが、実態は怪しいビジネスの温床だった。

「しかも、聞いたところ大したセミナーじゃないんだよ。限定商品をフリマアプリで転売したり、海外サイトから無断転載した動画を切り貼りして広告収入を得たり、少し儲けたら、成金《なりきん》のフリして『大学中退した自分が月収百万を超える理由』ってフリーマガジン発行して、自著を売り捌《さば》くらしい。そんなセミナーに出席して参加費五万円だぞ？　噴飯ものだろ」

出来る限り笑いを交えて語ったが、高木は一切頬を緩めなかった。黒い瞳を前に向けたまま「それで？」と先を促してくる。「立井は止めたの？」

「止めたよ。くだらない情報に大金払う時点で才能ないですよって」

「キツイ言葉だね。立井にしては」

「でも、聞き入れてくれなかった」

立井は嘆くように天を仰いだ。

先輩は最後まで意志を曲げなかった。就活が失敗続きで鬱になっていたところを、セミナーの講師に付け込まれたらしい。嵩んでいく奨学金と一流企業に入れない自分自身。その二つに苦慮している最中に、ブラック企業や年金問題など囁かれて妄信したようだ。不安を煽《あお》って、他に選択肢がないかのように洗脳された。立井の説得は失敗に終わった。

もちろん先輩がどのような人生を辿ろうが、全ては彼の責任ではあるが——。

胸にささくれが引っ掛かり続けている。

——父親が消えた日を思い出した。

言葉をぶつけても理解し合えず、失踪するほど追い込んでしまった過ちだ。

すると高木が口を開いた。

「立井はやっぱり小説を書きなよ」

「小説……？」

「全てを自己で完結させられない時もある。他者に働きかけなきゃいけない。会話でも演説でも映像でも、手段はいい。僕にとってそれが小説だ。キミは？　その心に燻《くすぶ》る感情をどう処理する？」

高木が口元を綻ばせた。

「もしキミが本気で向き合うなら、僕も手伝うよ」

その言葉が、立井の躊躇う気持ちを消した。

自分が抱いている構想を一気に吐き出した。大学の講義で興味深いと感じた研究、父が失踪した時の胸を衝く寂寥、無料低額宿泊所で見た朝日の静けさ、それらをどんな経歴を持つ登場人物に託したいか。

パズルのピースを組み上げるように、高木は立井の吐露した衝動を物語に作り上げた。その巧みさに感心しつつも、譲れない部分まで改変された時は堂々と反論した。潮海晴の議論は何度も行ってきたが、立井潤貴が書く物語を語り合うのは初めてだった。

分身生活を始めて、一年八か月の夜。

高木健介が失踪する四か月前だった。

・・・

桜には匂いがある。

甘く、優しく、どこか懐かしく、ほっと人を安心させる香り。

そう主張した幼い頃の立井はよくバカにされた。桜に匂いなんてない、と。立井は寂しく感じていた。いくら言っても、気のせいだと笑われたのだ。クラスのみんなで校庭に咲く桜を嗅いで、無臭だと確かめられた。

そんな過去の一幕を思い出していたタクシーを降りると、空気を吸い込んだ。

甘い香りがする。

ヤマザクラの匂いだ。

この品種はソメイヨシノとは異なり、仄かな香りを持つのだ。

立井が訪れたのは、関東の外れにある山の麓だった。そこには二百本ほどのヤマザクラが植えられている。日が沈んでも、桜の下はブルーシートで埋まっていた。屋台も立ち並んで、ソースの焦げる香りが桜の匂いと入り混じってくる。

明かりに照らされているのは、屋台の近くの一角だけだった。

山頂を見上げてみるが、あまりに暗くて、黒い塊が鎮座しているようにしか見えなかった。日中ならば、緑の中桃色に映えるヤマザクラを見つけられたはずだ。

照明に背を向けて進み、山に入った。辺りは闇に包まれて、足元さえ分からなくなる。麓から届く僅かな照明と月明かりだけが頼りだ。心は冷え切って、恐怖はなかった。

ここに来るはずだ、と立井は自身に言い聞かせた。

たとえ今日訪れなくとも、数日内には必ず訪れる。他に考えられる場所はなかった。

この花見会場のどこに現れるかまでは推理できない。

信じるのは高木健介と過ごした日々。小説の議論で疲弊した頭を休ませる散歩では、行き先も決めずに歩いた。共同生活が一年を過ぎる頃には高木が進みたい方向がなんとなく予想できて、相談せずに曲がった。最後に頼るのは、高木健介の『分身』としての直感だった。

山を登ると、見晴らしのいい崖があった。視界が開けている。まるで波打ち際のウミホタルのように街の光が輝いていた。また甘い香りが鼻腔をくすぐる。

その人物はヤマザクラの下に立っていた。

「——高木」

「立井？」高木は振り返って、首を傾《かし》げる。

もっと驚いたリアクションを期待していたんだけどな、と立井は内心残念がる。

高木の服装は普段通りだった。ピッチリと袖までアイロンが行き届いた白いワイシャツ、そして、真っ黒なスラックス。右手には藍色のリュックがあった。暗くてよく見えないが、きっと深い瞳で立井を見ているのだろう。

「凄いな、よくここが分かったね」

その言葉に反して、高木の声には驚きの感情が見られなかった。

「苦労したよ」

「しただろうね」

不思議な感覚だった。まずは詰ってやりたいと思っていたのに、喉で止まったように言葉が出てこなかった。最初の質問はなにか。その答えを導き出すまで時間を要した。

「吉田真衣は――まだ生きている?」

問いかけにも、高木は大きなリアクションを見せなかった。

「その目で確かめる?」

彼は手袋を嵌めていた。ゴム手袋。もしかしたら使用したばかりなのかもしれない。

「こっちに来なよ、分身」

手袋をつけたまま、殺人鬼は小さな笑みを浮かべた。

高木健介は山奥に入っていく。

月明かりと麓のバルーン型の投光器が僅かな明かりを届けてくれる。しかし高木が進む先は、月明かりさえ木々に遮られる完全な暗闇だった。

意を決して、高木の声がする方向に踏み出した。険しい道ではない。中腹まで車でも行ける山だ。コンクリートで整備された箇所を慎重に歩み続ければ転落はないだろう。

スマホのライトを点けると、高木が消すよう命令してきた。

まるで逃げているようだ。

誰も知られないよう、ひっそりと山奥に。

立井は高木の足音がする方向に歩き続けた。

隣に岸があるようで空気がすっと冷たくなる。恐る恐る手を伸ばすと、固い石壁に触れた。指が擦れる。視界がきかない中、他の感覚が研ぎ澄まされた。

「キミには話すべきことも、聞きたいことも、たくさんあるね」

口火を切ったのは高木だった。

闇の中、高木の声と足音が聞こえてくる。

「僕から質問していいかな？　どうやって、ここまで辿り着いたの？」

高木の住民票を取得して過去を追ったこと、高木哲也や峰壮一、伊佐木志野に会って情報をかき集めたことを打ち明けた。

「お前の殺人にも辿り着いたよ。全部、妹の吉田真衣のためなんだよな？」

高木は無反応だった。黙々と山道を進み続けている。

殺人全てを否定してくれるかもしれない、そんな淡い期待をいまだ捨てきれていなかった。どの殺人も状況証拠ばかりだ。立井の勘違いであってほしい。高木の口から違う真実を聞かせてほしい。

だが、今更そんな都合のいい真相は望めないようだ。

「一度目の殺人は自身の戸籍を手に入れるため——だけど更に理由があるんだよな？」

無言の高木に向かって、立井は言葉を投げかける。

「母親が出産したんだろう？　お前は、妹を無戸籍にしないため父親を殺した」

ＤＶ夫から逃げている最中《さなか》では、第二子が出生しても届け出を提出できない。戸籍を得られなければ、高木健介と同じように吉田真衣もまた小学校に通えない。

立井は推理を続ける。

「二度目の殺人は、言うまでもない。妹を母親から救済するためだ」

高木健介は戸籍を得て、無事に小学校に通学できた。だが母親と同居できず、高木哲也の養子となる。この時、妹と生き別れになった。

再会したとき、高木はどれほどショックを受けただろう。

その後紆余曲折《うよきょくせつ》があって、二人は小さなアパートで同居を始めるが――。

「どうして、そこで殺人を止められなかった？」

もちろん察しはついていた。それでも一度訴えたかった。それは高木にではなく、より大きな運命めいた何かへの罵倒だ。

高木健介と吉田真衣は二人幸せになってほしかった――。

最も率直な願いだった。

彼をじっと睨みつけた。

墨のような彼の黒髪は、ほとんど闇に同化している。

「純潔の魂かな」

凍りつくような冷たい声。感情を感じさせない。

背筋が寒くなるのを感じた。

「キミの推理は概《おおむ》ね正解だ。補足すると、いくらなんでも七歳の僕に、法律は分からなかったけどね」

それでも、父親を殺さない限り妹もまた不幸になると把握していたらしい。

「病原菌に思えてくるんだ」

高木はゆっくり言葉を吐き出した。

「父が撒《ま》いた病原菌が人々に感染していく。父の暴力で、僕の母は逃げ続ける生活を強いられて貧困に陥った。母は金に執着し、娘を犠牲にして栄田重道から金を毟り取るようになった。支払いに困った栄田重道は、他人を恐喝する犯罪に迫られた。父の病原菌は人に感染し、弱らせる。一度感染してしまえば逃げられない。抗《あらが》おうにも力が残っていない。個人じゃどうしようもない。喘《あえ》ぎ苦しみ嘆き哀しみ、時に他者を傷つけて一生続いていく」

声に苦しみの色が滲んでいた。

「生まれた時は美しかった魂も、やがて汚れて、消えて、忘れられていくんだ」

高木の背中が哀愁を帯びて見える。

母を思い出しているのだろうか。高木が命を奪った彼女にも、葬式には多くの人が参列したという。友人と未来を語り合った日が彼女にもあったはずだ。

立井も栄田重道を思い出した。彼にも愛を注ぐ両親がいた。故郷ではどんな幼少期を過ごしたのだろう。

――彼らはどこで道を間違えたのだろうか。

胸が苦しくなる衝動を堪えて立井は質問を続ける。

「どうして分身にオレを選んだんだ？」

「理由の一部は察しているはずだよ、ここまで辿り着いたなら」

「お前の口から聞きたい」

「時間稼ぎかな。栄田重道を殺した後、すぐに逮捕される訳にはいかなかった」

「他には？」

その質問に答える前に高木は歩みを止めた。懐中電灯を取り出して林の奥を照らす。闇に慣れた立井の視界が一瞬白く染まり、次第に順応し始める。

高木はコンクリートで舗装された道から外れて、林の奥に進んでいく。なだらかな下り道には、枯れ葉が堆積している。足を滑らせれば谷底まで落ちてしまいそうな恐怖があった。

この先に見せたいものがあるらしい。

覚悟している。高木を発見できたのは、彼の殺人にルールを見いだせたからだ。彼は感染に喩えたが、被害者たちには一定の関係性がある。

高木の歩みが遅くなった。

「立井、キミは僕の身分証を用いて過去の情報を集めた。時に僕自身に成りすまして」

「あぁ……そうだよ」

「僕も同じことができると思わない？」

　高木はそっと告げる。

「キミが自分自身の身分証を手放した二年間、僕は立井潤貴の身分証をいくらでも使えた。立井潤貴を名乗り、過去を辿り、そして、キミから聞いた情報でキミに成りすまして他人を呼び出せる」

　初めて高木と出会った時、立井潤貴の身分証は高木が預かった。代わりに高木健介の身分証を受け取ったため、その事実を気に留めなかった。

　高木健介は大木の前で歩みを止め、懐中電灯で照らした。

　木の陰に隠れるように男性が倒れている。

「僕は、キミの父親を殺した」

　立井は父の遺体を見つめる。

　思っていた以上の衝撃はなかった。初めて見る遺体――しかも父親であった人の。

　立井はたじろがず、冷静にその最期を見届けた。死後からあまり時間が経っていないようだ。糸の切れたマリオネットのように四肢を投げ出して大木にもたれている。喉元から真っ赤な血が滴っていた。出血の少ない綺麗な遺体だった。

　立井の父親――立井敏郎《としろう》が、高木健介の次のターゲットと予想していた。

立井は高木にかつて、この花見会場が家族の思い出の場所だと伝えた。もし自分の名前を利用して、立井敏郎を殺害するならばここに呼び出すだろう。

また、おそらく父は――。

立井敏郎の喉元に棒状の物が突き立っていた。犯行に使用された凶器だった――高木が愛用しているボールペン。

吉田真衣が高木に渡したプレゼントだった。

「キミの質問に答えるよ」高木は言った。「真衣は、亡くなった」

立井はただ軽く頷いた。これもまた予想していた一つだった。

「死因は自殺なのか？」

高木が意外そうに、よく分かるね、と声を漏らした。

ボロアパートに脅迫文があったから、と明かすと、高木は感嘆した。

全ては「『杭』原案」に書かれていた内容だった。

困窮する暮らしと憔悴する高木健介――吉田真衣は兄を想《おも》い、自分でも出来る金策を求めていた。

「吉田真衣は、立井敏郎と会ったんだな？」

完全な不運だろう。立井敏郎は『学生や主婦でも誰でもできる』ことを強調したネットビジネスのセミナーを開いていた。初回の受講は無料で。金もなく、アルバイトもできない吉田真衣がチラシを見つけて、吸い寄せられたのだろう。

「いや、正確には再会したのか」立井が訂正する。

「そうらしいね」高木が同意する。「立井敏郎が、栄田重道の車と事故を起こした時、後部座席に乗っていたのが吉田真衣だった」

過去に立井敏郎が受けた恐喝を思い出す。栄田重道は父に対し「娘を怪我させた治療代」を請求していた。しかし警察曰く栄田重道は独り身だ。事故当時、同乗者に娘がいるとは思えない。栄田は、吉田真衣を娘と偽り、治療費を請求したのだ。

だとしたら、この再会は最悪だ。

立井敏郎は、破滅の原因である少女を見て何を企てたのか――。

「立井敏郎は、栄田重道と吉田真衣が親子関係にあると勘違いし、僕たちから金を取り立てた」

高木は冷ややかな視線を遺体に向けている。

アパートのポストに押し込まれた脅迫文を思い出した。汚らしい中傷の数。

「ちょうど僕のデビューが決まった時期だ」

高木は懐中電灯を消した。再び辺りは暗闇に包まれる。

「世間から見れば、僕の行為は未成年少女の誘拐だ。もし立井敏郎に通報されれば、逮捕の可能性だってある。真衣は、優しい子だったよ。どうすれば僕に最も迷惑かけずに解決できるか気がついていた」

高木が口にした。

「身元不明の少女の遺体が見つかって、全てが終わったんだ」

それ以上高木は語らず、立井もまた尋ねなかった。

潮海晴の三作目『杭』では、終始手を繋いでいる主人公とヒロインは最後、手を離して終わりを迎える。

「摘み取らなきゃならなかった」

悲痛を感じさせる声だった。

「父がばら撒いた病原菌を、僕が消さなかったせいだ。さっさと栄田重道を殺していれば、立井敏郎が悪にならなかった。立井敏郎を殺しておけば、真衣が死ななかった。栄田重道や立井敏郎が更なる悪を生み出し、これ以上の犠牲者を生み出す前に、世界中の魂が汚染される前に、僕は父の病原菌を全部消さなきゃいけないんだ」

「だからって殺していいわけ――」

「法律じゃ僕たちは救えない」

力強い眼差しを向けられて、立井は言葉に詰まった。

「分かるだろう？　僕は、七歳の時まで法的に存在しない子だった。世界から忘れられた僕たちを助けてくれなかった」

暗闇の中で、彼の不気味な双眸が月明かりを反射している。

哀しい殺人鬼の姿がそこにはいた——。

他に言葉は浮かばなかった。

何も言えないままでいると、高木が息を吐く音が聞こえてきた。

「でも、僕はここまでだ」

どういう意味か、と問い返す前に、斜面の上から足音が聞こえてきた。顔を上げた瞬間、眩《まばゆ》い光に包まれ、立眩む。強い光で照射された。

手で光を遮って何者かを確認する。逆光で姿が見えないが、複数名がこちらを見下ろしているようだ。

高木が抑揚のない声で呟いた。

「警察に見つかったようだ」

心臓の鼓動が高鳴る。

高木の言葉通り、それは警察だった。よく見れば立井を取り調べした刑事の姿もある。ざっと見て六名程度。たった三十メートルほど前方に警察官が並んでいた。

立井は、はっとして背後を振り向いた。

彼らが懐中電灯で照らす先には、立井敏郎の遺体がある。喉から血が流れ出し、まだ死後硬直さえ始まっていない死体だ。

刑事が大声で叫んでいたが、立井の耳には入ってこなかった。頭にあったのは、どうしてバレたんだ、という疑問のみ。

「尾行されたんだね」高木が呟いた。「大丈夫。遅かれ早かれ、こうなる結末なんだ。目的を果たした後で良かった」

立井は、ボロアパートで感じた視線を思い出した。昼間、警察署を出てから終始尾行されていたのかもしれない。今思えば、高木は警戒して、立井に『追うな』とメッセージを送ったのか。

高木は全てを悟ったような穏やかな顔をしていた。

「これでお別れだね。警察には『立井潤貴は父を人質に取られていた』と騙っておくよ。後で弁護士からそれなりの金を送らせる」

「なんだよ、その金は？」

「迷惑料。キミはただの被害者だ。微罪で済むはずだ。後は、その金で部屋を借りればいい。腰は完治した。資格も取れるほど勉強もした。金持ちとは言えないけど、もう死ぬことを考えなくてもいいだろう」

高木は一歩、警官に向かって歩き出した。

その背中は逮捕を望んでいるように見えた。

「まだ」立井は慌てて呼び止める。「まだ教えてもらっていない。オレたちの分身生活には、どんな意味があった？　親父を殺すためってのは、理由の一つなんだよな？」

高木が歩みを止めて振り返った。

「キミを救いたかった」

「オレを？」

「父が撒いた悪と貧困のウイルスと闘いたい。父が母を苦しめ、母は栄田を、栄田は立井敏郎を虐げた。その果ての被害者をたった一人でも救済したい。更なる負の連鎖が引き起こされる前に止めたかった。忘れられていく魂を救いたかった」

ようやく見つけ出したキミが自ら命を断とうとしていた時は焦ったよ、と高木は自嘲するように呟く。

「僕は満足しているよ。四人の人間を殺した殺人鬼が、その結末で誰かを救えるのなら、それは十分すぎるほどハッピーエンドだ」

立井は唖然として高木を見つめ返した。

否定の言葉を探す。

自分が救われたところでハッピーエンドなものか、と拳を握りしめた。

高木はこの結末を覚悟していたらしい。二人が出会う前から、この最後を想定していたのか。

「じゃあね」と語って、高木は歩き出した。無抵抗を示すように両手を挙げて、懐中電灯の方向に進んでいく。警察は従順な高木に安心したようで緊張を緩める。

立井は胸の辺りがぐっと掴まれるような感覚を覚えた。

吐き出したい言葉があるのに声が出なかった。喉を締め付けられたように。

背後にある父親の遺体を見る。怒りが噴出して、高木の無防備な後頭部を殴りつける選択肢を思いつく。同時に、去り行く背中に感謝を伝える選択肢も思いつく。惜別のメッセージがいくつも浮かんだ。どこかで鳥が鳴き、その鳴き声が止むまでの間に無数の未来が溢れた。その中の一つを選ばなければいけない残酷さを恨み、シャボン玉を割るようにいくつもの儚い未来を追い払って、決断する。

一歩大きく踏み出すと、高木の腕を強く握った。「逃げるぞ」

「どうして？」高木が目を見開いた。

「後でいいっ！　早く走れっ！」

力ずくで高木の腕を引っ張った。高木の身体は簡単に揺らいだ。

立井の暴挙に対して警察が声を張った。その言葉に耳を傾けず、立井は高木を引っ張って山の奥に駆け出した。背後から警察が慌てて斜面を降りてくる音が聞こえてきた。

懐中電灯は立井たちの背中を追っていた。その明かりを頼りにせず立井は道なき道を駆けた。光から外れる恐怖よりも、警察の怒号が恐ろしかった。

高木は立井に逆らう素振りを見せなかったが、顔に戸惑いを浮かべていた。

「もういいよ。僕は自首する。それで全部終わりだ」

呆《あき》れ混じりの声だ。今にも立井を振りほどいて、警官の元に向かいかねない。

それが気に食わなくて、立井は手に力を込めた。

「お前には、二つの殺人容疑がかけられてんだぞ」

「容疑じゃなくて事実だけどね」

「死刑になったらどうすんだよ！」

立井は声を張り上げた。

日本の死刑判決では、殺害人数が判断基準の一つとは学んでいた。計画性や残虐性等も考慮されるため一概に言えないが、二人以上の殺人の場合死刑判決が下されやすい傾向にある。

それは立井が高木健介を捜していた理由の一つだった。

高木健介が新たな殺人を犯した場合、彼は——。

その時、立井が足を滑らせて、高木と共に斜面を落ちる。暗闇のせいで崖に気がつかなかった。幸い緩やかな崖だったが十メートル近く落ち続ける。途中伸びた枝が顔を掠めて、頰に鋭い痛みがはしった。

着地した立井は頰を押さえる。ねっとりした血の感覚が指先にあった。頰を切ったらしい。

警察から距離を稼いだ。崖の上では警察が懐中電灯を振り回して、立井たちの行方を捜している。今のうちに離れなければならない。

もう一度、高木の腕を引いた。

今度は彼も抗った。この場から離れようとしない。

「現実問題」高木の冷静な声が響いた。「警察から逃げ切れるとは思えない」

その判断はもっともだった。闇の山道を歩き続けるのは自殺行為に等しい。運良く警察の手から逃れても、永久に犯罪者として追われるだろう。

それでも立井は逆らわざるえなかった。

「小説はどうするんだよ⁉」

動こうとしない高木を説得する。

「お前は書き続けてきたんだろう。世界が自分に興味なくても、忘れられても、『ボクたちはここにいる』って示したくて、少しでも人の心に爪痕を残したくて、誰かを救いたくて！」

「ただの願望だ。妹がいなくなって薄々気づいていたさ。僕には不可能だ。どれだけ費やしても理想の小説に辿り着けない。僕の物語は所詮、対岸の火事だ。心に残らない。何も変えられない。キミの助けを借りた三作目も可哀想な少年のお話と評価されて――いつか忘れられるだけだ」

高木の瞳は諦念に満ちていた。

「僕だって違う手段を選びたかった。彼らの魂を救う物語を紡ぎたかった。でも、僕に出来るのは殺人だけなんだ。死刑判決を下す法廷で僕は真衣との思い出を語るよ」

毎日部屋に籠ってパソコンと向き合う高木の姿を思い出した。小説を引き合いに出しても今の彼を動かすことは適《かな》わないかもしれない。

ずっと模索していたのか。殺人以外の選択肢を。

その時、警察の懐中電灯の明かりが、立井たちを再び捕らえた。回り込んで向かえと指示する声も聞こえてくる。

時間はない。

「吉田真衣がっ！」立井は言い放った。「吉田真衣が、伊佐木志野に送った手紙は知っているか？」

すると高木は初めて反応らしい反応を示した。

「真衣が伊佐木に……？」

「あぁ、そうだよ」畳みかけるように高木の肩を掴んだ。「時期を考えれば、彼女が自殺する直前かな。遺書として親友に送った手紙がある。『楽しい毎日を過ごしている。高木さんと一緒にいられて幸せだった』って！　最後の最後まで、彼女はお前に感謝していた！　彼女は高木の幸福を願っているんじゃないのかっ？」

高木はぽつりと漏らした。

「手紙の内容はそれだけ……？」

「全文までは聞いてないよ。でも生きていれば読める」

だからお前は逃げなくちゃならないんだ。

腕に力を籠めるが、高木の足はまだ動かなかった。

高木は戸惑っている。まるで人生最大の決断をするように、困惑を顔に滲ませている。口を軽く開けて視線を下に向けて。

こんな高木の表情は初めて見る。まずいかもしれない。

刑事の一人が駆けてくる。

あと数メートルの場所まで追い込まれた時に——高木はようやく動き出した。

逃げる方向は一つだった。闇の崖下に向かって身を投じる。足先に神経を集中して地面を滑り続ける。木々に太ももを打ち付ける。だが痛がる余裕はなかった。

落下が止まると高木と小声で居場所を確かめ合う。手を伸ばして同じ場所に辿り着く。地面の感触からして山道に出たらしい。警察は崖の上で手をこまねいている。

山道は丸太で舗装されて階段状になっていた。この丸太を慎重に踏みしめて進めば、転落は免れるだろう。また崖に落ちれば今度こそ死ぬかもしれない。

「どうする気？」高木が挑発的な物言いをした。「まさか説得したくせにノープランとは言わないだろう？」

立井は唇を噛んで一息に吐き出した。

「オレが自首する。『立井潤貴』が栄田重道と立井敏郎を殺したと偽証する」

高木が息を呑む音が聞こえてきた。

「待ってくれ。どうしてキミが？」高木が声を低くした。「まさか、まだ——」

「違う、もう死にたい願望なんてない。けれど、『立井潤貴』には明確な殺人動機がある。栄田が家庭を壊し、父親は家族を見捨てた。事情が複雑な『高木健介』より情状酌量を勝ち取りやすい。昔と違って、親殺しに加重規定はないんだろう？　懲役刑覚悟で死刑は回避してみせる」

警察には高木健介との生活を明かしていない。彼らが摑んでいる情報は乏しい。誤魔化せる可能性はある。

高木が顔に困惑の色を宿した。

「僕は既に、キミが警察に僕との秘密を全て明かしていると思った」

「するわけない」

「でも分からない。何度も聞くけど、どうしてキミがそこまでする？」高木が強調するように口にした。「僕は、キミの父親を、殺したのに」

「許してはいねぇよ。禍根はあっても親父は親父だ。お前の行為は間違っている。過激すぎる。でも、そういう問題じゃないんだ。正しくなくてもお前はオレの恩人なんだ。恩人は生きなくちゃいけない」

高木の返事には時間がかかった。

僅かな呼吸音と足音が、虫の鳴き声に混じって聞こえてくる。

立井は待ち続けた。伝えたい感情は全て吐き出した。

後は彼の決断を聞くだけだ。

やがて高木はふっと頰を緩めた。

今日のキミには驚かされるね、と呟いた。

悔しそうにも、嬉しそうにも、聞こえる声音だった。

「キミが自首するなら大きな問題があるね」高木は歩みを止めて地面に腰を下ろした。

「細部まで口裏を合わせる必要がある。粗があれば嘘が露見するし、言い訳を重ねても情状酌量は得られない」

「つまり？」

「素敵な物語を作らないといけない」

望むところだった。

辺りを見回しても懐中電灯の光は見えなかった。十分すぎる距離を取ったか、夜の山道を闇雲に捜索しても危険と警察が諦めたのか。

歩みを止めて、高木の隣に座り込む。並んで木にもたれる。

それから二人で警察に供述する架空の物語を練っていく。

嘘を積み重ねていくのは慣れた作業だった。

立井潤貴と高木健介というキャラクターに共感を惹く動機を作り込み、嘘と真実を混ぜて物語にしていく。涙を誘うように、かつ、露骨になりすぎないように。

高木がストーリーを考えると、立井はその不自然な点を見抜いて対案を提示する。高木が睨みを効かせて反論すると、立井もまた自分の主張を提示する。二人同時に黙り込むとなぜか優れたアイデアを二人同時に閃いた。

「懐かしいな」立井は笑っていた。「ずいぶん昔のことに感じるけど、よくこうやって議論したよな」

「立井は厳しかったな。登場人物の行動が少しでも変だと指摘してくる」

不思議な感覚だった。

事情聴取の難しさは身に染みている。

細部まで行き届いた嘘でなければ刑事にあえなく看破されるだろう。

だが一抹の不安もない。

高木と作り上げるフィクションなら世界だって欺ける。

大分出来上がると、高木が「休憩しよう」とリュックからペットボトルを取り出した。普段から愛飲しているミネラルウォーターだった。

彼がキャップを開けて先に差し出してくれる。

実はオレもこんなものを、とカバンからタンブラーを二つ取り出した。二周年のプレゼントとしてずっと持ち歩いていたものだ。駅のコンビニで夕食として購入したおにぎりもある。高木はタンブラーに水を注ぎ、立井はおにぎりの好きな具を高木に選ばせた。

二人で乾杯する。

山道を登ってきたので喉が渇いていた。受け取った水を一気に飲み干した。高木もまた、食事らしい食事って数年ぶりかも、と信じられない発言をして、おにぎりを齧った。

立井は山の空気を大きく吸い込んだ。土と腐った木の匂いに混じって、ヤマザクラの香りがした。近くで咲いているようだ。

高木が真上を指差した。スマホのバックライトの弱い照明を向ける。

あぁ、と立井は声を漏らした。二人がもたれかける木がヤマザクラだった。暗すぎてその色まで見られないが、匂いは間違いない。散っていく花びらを空中で摑み、指で磨《す》り潰《つぶ》す。果物のような優しく甘い香りを発した。

「お花見だね」高木が呑気《のんき》な声を出した。「ねぇ、打ち合わせを再開する前に、ちょっと思い出話を聞いてくれないかな」
珍しい。高木が自分から話すなんて。
高木は堰《せ》き止《と》めていたものを流すように語った。
無戸籍児で部屋に閉じこもっていた時、窓から見えた花火の美しさ。
生まれたばかりの吉田真衣の手を初めて握った時に感じた儚さ。
峰と共に小学校を抜け出して、自販機で飲んだココアの甘さ。
大きくなった吉田真衣と共に出かけた海の冷たさ。
彼女との生活で初めて書きあげた小説の粗さと捧《ささ》げた熱量。
その一つ一つが宝物のように、高木は明かしていく。
きっとオレはこの会話を忘れないだろうな、と立井は考える。
だが話の途中で、ある異変に気がついた。
「なぁ、高木」騒ぎ立てず口にした。「――眠たくなってきた」
「うん。そろそろかと思ってた」
高木はペットボトルを持ち上げた。
「立井、スゴイよね。僕なら、殺人鬼から差し出された水なんて飲まないよ」
――睡眠薬。

そういえば警察が言った。

高木は事前に購入していた、と。本来の用途は殺人目的か。

「どうして……?」うまく呂律《ろれつ》が回らない。

意志に反して、頭が重くなる。全身から力が抜けていく。

目がうまく開かない。視界がぼやけていく。

「実はね、キミの父親を呼び出すためにキミの小説を送ったんだ」

唐突に高木が説明を始めた。

立井敏郎は息子を名乗る人物の呼び出しに中々応じなかったという。息子との再会に躊躇いが見えた。しかし立井が書いた小説を送ると、突然に反応が芳しくなった。息子に謝罪したい気持ちでこの花見会場に駆けつけたらしい。

「凄いよ。キミは人の心を動かせる小説を書けるんだから」

その結果引き起こされた悲劇を糾弾する気にはなれなかった。自身の言葉が父親に通じたことに歓喜する状況でもなかった。

薄れていく思考で、疑問だけが鮮明になる。

一体高木は何を企《たくら》んで――。

「――さようなら、僕」

彼は短く告げて、立井の額を中指で軽く弾いた。

どれほど強く願っても、身体は自由に動かない。押された力になすすべもなく、立井は倒れていった。

エピローグ

伊佐木志野が封筒を開封すると、春の匂いが漂ってきた。

街にある展望台で、彼女は突然届いた封筒を確認する。施設内では他の子供の関心を惹いてしまう。どんな物が中に入っているか分からない以上、当然の措置だった。

平日の展望台には、人の気配がなかった。駅から徒歩十五分かけて展望台しかない丘を登る物好きはいないのだろう。一人になりたい場所がほしい伊佐木には、都合のいい場所だった。

中には、桜の枝とビニールに包まれた本が入っていた。

手紙はない。どういう意味だろう、と宛名を見る。

送り主は――高木健介。

「もう二年も前か」

二年前、高木健介から奇妙な依頼を受けた。立井潤貴という男に、調査を止めるよう伝えてほしい、と。直後、立井と出会ったが、彼は事情を語ることなく街を去った。

結局どういう意図があったのか、伊佐木には何も教えられなかった。

ただ、会った数日後、彼女は恐ろしいニュースを目撃する。

『警視庁は父親に対する殺人容疑で、無職、立井潤貴（21）を逮捕した』

彼のニュースはまるで添え物のように、芸能人の不倫問題の後、一分ほどで伝えられた。立井潤貴は、父親を花見会場に呼び出して殺したらしい。殺人まで彼の生活を幇助した男も書類送検されたらしいが、微罪で済んだようだ。

伊佐木が戸惑ったのは、そこで一瞬映された『立井潤貴』の姿だった。

別人に見えたのだ。直前に会った伊佐木にしか分からないほどの微妙な差異があるように感じられた。もちろん勘違いかもしれないが――。

立井潤貴の裁判は続いている。

杉並区のため池で起きた殺人事件との関係もあり、極刑の見通しだったが、犯人が語った動機が報道されると、世論は彼の味方をした。検察側の求刑は懲役二十年。少なくとも死刑にはならないだろう。

伊佐木は改めて封筒を確認する。封筒の外面にメッセージはない。中身を見ると、それは潮海晴という小説家の単行本だった。見覚えがある。書店で大量に平積みされていた。これが著者の四作目となるが、どうやら前三作を遥《はる》かに上回る売れゆきらしい。

腑に落ちないまま、伊佐木は冒頭から読み始める。

夢中になった。

小説に入り込む感覚を人生で初めて味わう。指先に力がこもり、息が詰まり、貪るようにページをめくった。途中から涙が滲んで、何度も拭って、三時間の間、その場から一歩も動かずに読みふけった。

そして――吉田真衣が既にこの世にいない現実を受け止めた。

具体的に彼女を示唆する描写はなかった。しかし読み終えると同時に、自身の親友が悲劇に見舞われたことを把握した。一読した限りでは気づけないほど微細に、彼女の最期が散りばめられて記されていた。

伊佐木は本を抱きしめて、声をあげて泣いた。

思い出すのは、真衣から最後に届いた手紙だった。

『楽しい毎日。高木さんと一緒にいられて幸せだった。お願い。どうかわたしを覚えていて。わたしの魂がここにあったことを覚えていて』

潮海晴の四作目は、その少女の想いに応える小説だった。

残酷な物語だが、確かな救いがある。

・・・

身体からは力が抜けていく。仰向けに倒れると落ち葉が潰れる音がした。

——さようなら、僕。

相棒が言い放った後、オレは理解した。

自分はすぐに意識を失うだろう。発見されるのが先か、自分が目覚めるのが先か、それは分からないがとにかく翌朝になるはずだ。

その間に目の前の相棒が警察に何を騙るのか、想像がついた。それはもう止められない。

「今度はオレがあげるよ、オレの名前を——」

相棒へ口に出して言ってやった。

「そして代わりに引き継ぐよ。お前の名前を」

相棒は嬉しそうに頬を緩めた。

オレは知っている。お前が自分の名前を手に入れた経緯を。だから思う。捨ててしまえ。お前なんてやめてしまえ。もらってやる。名前だけじゃない。お前がやり残した使命ごと受け継いでやる。けれどオレはお前と違うから。お前が諦めた方法で成し遂げる。それでいいだろう？

そう言いたかった。

もう喉から声が出なかった。瞼が重くなり視界は闇に包まれる。

――いつかまた。

相棒の声だけが耳に残った。

――僕を救ってくれてありがとう。

オレは最後の力を振り絞って頷いた。

・・・

ラストシーンを何度でも読み返す。

閉塞しきった部屋で主人公の相棒は妹の喪失を嘆き、もがき、苦しみ、それでも、最後には彼女の想いを胸に抱き、開かれた世界へ歩き出す。

読んだ誰もが忘れない。胸を締め付けられる痛みを抱えて生きる。そして、いつしか彼らと同じ魂を持つ子供を救う。そんな未来を強く願う。

この兄妹《きょうだい》の存在を深く心に刻み込む――。

どこまでも純粋な、鎮魂と祈りの物語だった。
彼らの魂はここにある。

<初出>
本書は書き下ろしです。

この物語はフィクションです。実在の人物・団体等とは一切関係ありません。

◇◇メディアワークス文庫
僕《ぼく》が僕《ぼく》をやめる日《ひ》

松村涼哉《まつむらりょうや》

2019年11月25日　初版発行
2025年4月5日　28版発行

発行者　山下直久
発行　株式会社KADOKAWA
〒102-8177　東京都千代田区富士見2-13-3
0570-002-301（ナビダイヤル）
装丁者　渡辺宏一（有限会社ニイナナニイゴオ）
印刷　株式会社KADOKAWA
製本　株式会社KADOKAWA

●お問い合わせ
https://www.kadokawa.co.jp/（「お問い合わせ」へお進みください）
※内容によっては、お答えできない場合があります。
※サポートは日本国内のみとさせていただきます。
※Japanese text only

※定価はカバーに表示してあります。

Printed in Japan
ISBN978-4-04-912860-4 C0193

メディアワークス文庫　https://mwbunko.com/

本書に対するご意見、ご感想をお寄せください。

あて先
〒102-8177　東京都千代田区富士見2-13-3
メディアワークス文庫編集部
「松村涼哉先生」係

◆◇◇